神奇柑仔店2

我不想吃音樂果！

文 廣嶋玲子 圖 jyajya 譯 王蘊潔

目錄

Encounter
FareWe
MOZART

序章

一個身材矮小的男人正在路上走著。他的外型很奇怪，用縫了黑色羽毛的斗篷蓋住了頭，雙手拎著兩個大行李。

他的行李看起來很重，不過他的腳步輕盈，走起路來就像快要飛起來了一樣，而且腳步一落地，就會發出啪沙啪沙聲，很像翅膀拍動的聲音。斗篷下還不時會露出好像黑色尖嘴的東西。

這個奇怪的男人迅速的在小巷內鑽來鑽去，最後站在一家小店

門口。

「請問有人在嗎？這裡是夜烏鴉宅急便，鬼火堂先生寄了東西給錢天堂的老闆娘。」

矮小的男人用沙啞的聲音叫道，一個身材高大的女人從店裡走了出來。她的個子幾乎是那名矮小男人的兩倍，而且身材也很豐滿。那個女人笑著說：

「辛苦了，請你放在那裡。請問運費多少錢？」

「不，鬼火堂先生已經付過運費了。」

「哎喲哎喲，原來是這樣啊！那這個請你吃，聊表心意。」

「是夜風果凍嗎？太感謝了，那我就收下了。」

矮小的男人開心的接過零食，深深一鞠躬後，就轉身不見蹤影，只留下啪沙啪沙的聲響，最後連聲音也漸漸消失不見。店裡只剩下老闆娘一個人，她把送來的包裹搬進店裡，拆開包裝紙，拿出一個看起來像小型機器的東西，裡面塞了很多空的扭蛋殼。

「呵呵呵，我向鬼火堂先生訂的東西終於做好了。這下子就可以吸引更多幸運的客人上門，就像是錢天堂的分店一樣。這臺扭蛋機應該要放在哪裡呢？」

老闆娘一邊開心的笑著，一邊思考著這個問題。

1 怪盜螺螺麵包

秀元上氣不接下氣的在暗夜中奔跑，但無論他怎麼跑，都覺得那些傢伙仍在後面緊追著不放。

「可惡！這些死警察，做事的格局也太小了，只會特地監視、跟蹤我這種小偷。既然要辦案，就應該去偵辦大案子啊。」

他忍不住在心裡咒罵。

沒錯，秀元是一名小偷，而且是個落魄的小偷。他既沒本事，

也沒膽量，最多只敢闖空門，或是在便利商店裡順手牽羊，可是就連這種小偷竊他也經常失手。

這次也一樣。他覺得肚子有點餓，就去便利商店偷飯糰吃，沒想到有幾個男人朝他走了過來。

啊，慘了！

他憑著小偷特有的直覺，知道那幾個男人是便衣警察。於是當他一發現不對勁，趕緊拔腿就跑。秀元衝進旁邊的小巷後，就不顧一切的拚命跑著，他已經不知道自己身在哪裡，也不知道該往哪裡跑，只知道必須趕快逃。

秀元一直跑到喘不過氣才終於停下了腳步。他豎起耳朵，聽不到任何聲音。好像終於甩掉那幾個傢伙了！因為天色很黑，再加上他逃進一條彎彎曲曲的小巷子裡，所以逃過一劫。

秀元喘著氣，一屁股坐在髒兮兮的地上。他的腿還在不停的發抖，呼吸也遲遲無法恢復。秀元今年四十六歲了，十幾二十歲時，還能憑著體力輕鬆逃脫，但現在的他已經越來越不行了。

下次可能就會被逮到了，下次可能就再也逃不掉了。這類的恐懼始終盤據在秀元的心頭。

唉，真希望可以輕鬆過日子，真希望可以擺脫這種緊張兮兮的生活。

正當他這麼想的時候，突然感覺到周圍似乎有動靜，於是他轉頭向後一看。

後方小巷深處有一家小店。那家店看起來很老舊，掛了一塊漂亮的招牌，上面寫著「錢天堂」三個字。現在已經快深夜了，不過那家店竟然還在營業。

那到底是什麼店？秀元定睛細看後嚇了一大跳——那間店賣的都是五顏六色的零食。

是柑仔店嗎？小時候好像經常去這種地方。他想起自己第一次當小偷，就是在柑仔店裡偷東西。當時他趁顧店的老奶奶不注意，把鮮紅色的果凍塞進口袋，然後緊張的離開了。那次之後，他就偏離正軌，走上了小偷之路。

秀元既感到怨恨，又充滿懷念，情不自禁的走向柑仔店。不知道警察什麼時候會追上來，這裡不宜久留。雖然他心裡明白目前的處境，但他的心完全被柑仔店裡的零食吸引了。

「萬人迷麻糬」、「裝病汽水」、「海賊杏仁」、「天氣糖」、「亂七八糟燒」、「天狗汽水」、「皮諾丘餅乾棒」、「深夜羊羹」，店裡賣的全都是秀元以前從來沒見過的零食，他覺得實在太有趣了。

就在他逐一打量著店裡的零食時，柑仔店後方的黑暗中，突然飄出一個高大的影子。秀元大驚失色，那個影子變成了高大的女人。那個女人足足比秀元高出兩個頭，她穿了一件紫紅色和服，頭髮上插了很多髮簪。雖然她的臉看起來很年輕，但頭髮全都白了。擦了口紅的嘴唇露出意味深長的笑容。

這個女人不是簡單的人物。

秀元忍不住發抖，但他無法逃走，因為他的身體完全無法動彈，簡直就像是自己的影子被釘住了。

沒想到，那個高大的女人恭敬的對他鞠躬說：

「歡迎來到深夜營業的錢天堂，請你慢慢看。」

「啊，呃、那個……」

「錢天堂可以為幸運的客人實現心願，一定可以提供客人需要的商品。如果你覺得自己找太麻煩，我也可以幫你找。請你把想要的東西說出來，不必客氣，說吧！」

女人催促著。秀元被她的氣勢嚇到，情不自禁說出了真心話。

「我想成為偷竊高手，擁有比任何人都厲害的偷竊技術，我想成為傳說中的大盜，完全不必擔心自己被抓。」

秀元說完之後才發現不妙。這簡直就像是告訴別人「自己是小偷」。

秀元正想接著說自己只是開玩笑，沒想到還來不及說出口，那個女人就對他點頭說：

「這樣的話，有一件商品非常適合你。你等我一下。」

女人說完，從後方的貨架上拿出了某樣東西。

那是一個甜麵包。看起來像油炸的麵包或是油炸的甜甜圈，麵包上撒了一層白砂糖，但形狀很奇怪，是鬍子的造型。透明的塑膠袋上寫著「怪盜螺螺麵包」。

一看到這個麵包，秀元的心臟便劇烈跳動著。

這是我的！命中注定屬於我！

他以前從來沒有這麼渴望過任何東西，這個麵包對他來說比金錢和珠寶更貴重、更重要。

秀元目不轉睛的盯著麵包，女人用嬌媚的聲音小聲的對他說：「這是怪盜螺螺麵包，我覺得這就是你想找的商品。怎麼樣？只要一百元。」

秀元急急忙忙在口袋裡摸零錢。不知道為什麼，他完全沒有打算偷。不，應該說，他完全沒有想到這件事。

女人笑著接過他遞上的一百元。

「沒錯，的確是昭和（註）五十六年的一百元，那這個就交給你了。」

秀元一把搶走她遞過來的怪盜螺螺麵包。

太好了、太好了、太好了！

他興奮到有點暈眩，感覺就像中了一億元的樂透。

這時，那個女人小聲對秀元說了很奇怪的話。

「玩遊戲還是節制一點比較好，因為這個世界上，還有比你運氣更好的人。如果忘了這件事，搞不好……」

但是，秀元根本聽不進去，怪盜螺螺麵包已經到手，沒理由繼續留在這裡。他不想被外人干擾，於是衝出店外。

轉眼之間，秀元就站在寂靜黑暗的巷子內，他確認四下無人之後，便仔細打量著怪盜螺螺麵包，越看越無法自拔。怪盜螺螺麵包的包裝袋上寫著：

怪盜羅蘋藉由變化自如的喬裝技術巧妙「隱形」，無論走到哪裡都不會被人發現，完成無數次大膽完美的竊案。向對羅蘋充滿嚮往的你推薦這款「怪盜螺螺麵包」。只要吃了這個麵包，就能馬上具備「羅蘋能力」！沒有人會記得你的長相，你偷東西的時候也不會有人發現。來吧！從此踏進優雅的怪盜世界吧！

「我當然要進入優雅的怪盜世界啊！」

秀元拆開塑膠袋拿出裡面的麵包。他把麵包拿在手上時，發現怪盜螺螺麵包更迷人了，表面的砂糖簡直就像鑽石般閃閃發光。

秀元張大嘴巴咬了一口。麵包很好吃，表皮很香脆，裡面像鬆餅一樣蓬鬆，麵包上的砂糖也好吃得不得了。

或許因為肚子餓了，秀元只咬了四口，就把麵包吃完了。吃完之後，他有一種奇妙的感覺，好像自己天下無敵，什麼都不怕。

秀元站了起來，慢慢走出巷子，來到明亮的大馬路上，剛好看到幾個男人朝他跑了過來。他認識其中一張面孔，就是剛才追捕自己的便衣警察。

如果是平時，他一定會驚慌失措的逃進旁邊的岔路，或是轉身就逃。

但不知道是不是因為吃了怪盜螺螺麵包的關係，秀元直視前方，鎮定的走向那幾個男人。當那幾個男人越來越近，與他們眼神交接時，秀元感到似乎不大妙，但那幾個警察卻移開眼神，從他身旁走了過去。

秀元忍不住露出了笑容。他想：「怪盜螺螺麵包的威力似乎不假，那些傢伙竟然沒認出我來。太好了！我現在具備了羅蘋的變裝能力，從此以後，不必再擔心失風被逮，而且還可以輕輕鬆鬆偷任何東西了。」

秀元走在夜晚的街道上，興奮的跳了起來。

接下來的日子，秀元大偷特偷。他不再去闖空門，而是在大白天就大搖大擺的走進氣派的珠寶店，當著店員的面，抓起珠寶放進皮包，然後又大搖大擺的離開。

沒有人會發現是秀元偷的，即使有人發現東西失竊追了出來，也認不出秀元的臉，最後還是逮不到他。

媒體也大肆報導了這些離奇的竊案。秀元看到自己幾乎每天上新聞，就有一種莫名的興奮。

我成為大家矚目的焦點，我一定非常了不起。那麼，我要不要像怪盜羅蘋一樣，發出挑戰書？如果先發出挑戰書，再高明的偷走事先預告的東西，應該會更加聲名大噪。秀元暗自思考。

於是秀元開始以「怪盜羅蘋」的名義，一次又一次的向警方發出挑戰書。「某月某日，幾點幾分，我要偷某某珠寶店的皇冠，如果你們能夠阻止，就來阻止我啊！怪盜羅蘋」然後在重重戒備下，輕而易舉的偷走他預告要偷的東西。

這一切真是太有趣了。趁警察不備偷東西的興奮和刺激讓他欲罷不能，享受著「我實在太厲害」的優越感。看到媒體大肆抨擊警察無能，也讓秀元感到痛快不已。

秀元越來越沉醉在偷竊的世界，他已經不是為了想要什麼東西而偷，只是為了滿足自己想要偷竊的欲望而行竊。

在他成為怪盜羅蘋一個半月後的某一天，秀元得知日本向外國借了一頂價值連城的皇冠。那是俄羅斯皇室的皇冠，上面鑲了巨大的祖母綠和珍珠，美得令人眼花撩亂。

這頂皇冠太珍貴了，太適合成為「怪盜羅蘋」的獵物了。既然要在博物館展覽，那我就來大顯身手一番。秀元對皇冠充滿渴望。

○月○日，○點○分，
我要偷○○珠寶店的皇冠，
如果你們能夠阻止，就來
阻止我啊！
怪盜羅蘋

秀元像往常一樣，先向警察和媒體發出挑戰書，然後出發前往博物館。因為所有人都知道怪盜羅蘋想要偷走皇冠，所以博物館戒備森嚴。

「這麼認真戒備，真是太抬舉我了。只不過，我具備了怪盜羅蘋的能力，這一切努力都是白費力氣而已，真是一群可憐蟲。」秀元在心裡偷笑。

秀元一臉得意的走過警衛身旁，站在他鎖定的目標前。皇冠在特殊的玻璃展示櫃內發出燦爛的光芒，比在電視和雜誌上看到時更加豪華。

「這頂皇冠就不變賣，作為我的個人收藏。偶爾拿出來戴一下，感受一下當皇帝的心情也不錯。」

秀元一邊這麼想，一邊伸手摸向玻璃展示櫃。他只是輕輕一摸，展示櫃的鎖就自動打開了。秀元輕輕鬆鬆的拿出皇冠，放進了皮包。

周圍雖然有很多人，但沒有人發出叫聲。因為他們根本沒看到秀元偷了皇冠。當秀元離開展示櫃差不多一分鐘後，其他人才發現皇冠不見了。

秀元面帶笑容，鑽過人群，正準備走向出口時，他聽到喀嚓一聲，手腕有一種異樣的感覺，同時聽到有人大聲叫道：

「怪盜羅蘋！我以竊盜現行犯的罪名逮捕你！」

秀元大驚失色，當他回頭一看，看到一個健壯的中年男子，正用一雙銳利的眼睛盯著他。他忍不住想逃，卻怎麼也逃不了。因為他的手已經被銬上了手銬。

為什麼！他為什麼會發現？我為什麼會遭到逮捕！

秀元陷入混亂的思緒中，渾身無力。

這時，周圍傳來議論聲。

「皇冠不見了！」

「聽說羅蘋剛才被逮捕了……」

「喂，就是他？就是那個人嗎？」

「搞什麼啊，他只是普通的大叔吧！他真的是羅蘋嗎？」

幾名警察撥開人群，跑了過來。

「三河先生！」

「嗯，你們看到了，這個人就是羅蘋，讓證據來說話。」

那個姓三河的人一把搶過秀元的皮包，從裡面拿出皇冠。

喔喔喔！周圍響起人們驚呼聲。接著，又響起議論的聲音。

「那個人就是傳說中的刑警。」

「我認識他，他姓三河，之前也是他抓到德川銀行的強盜。」

「還有京都的綁架案，我也記得是他偵破的。」

「原來是他抓到了羅蘋。……警察果然很厲害呢！」

如今，刑警三河成為眾人矚目的焦點，沒有任何人在意垂頭喪氣的怪盜羅蘋，也就是秀元。這件事對秀元帶來沉重的打擊。記者不停拍照，閃光燈閃個不停，秀元被帶上了警車。

坐在狹窄的警車上，秀元終於回過神。我被抓了。照理說，我不可能被抓，但竟然遭到了逮捕。

「為、為什麼！」

秀元忍不住抱著頭大叫。

「怎麼會有這種事！我是怪盜羅蘋，不可能被抓啊！這是夢！這是夢！不可能有這種事！」

「不，這就是現實。」

那個姓三河的刑警不知道什麼時候坐在他旁邊，正狠狠的瞪著秀元。

「可惡的傢伙，聽說你在我住院期間幹了不少壞事，讓警察顏面盡失，接下來你就在監獄裡好好償還吧！」

秀元聽到「監獄」兩個字，忍不住渾身發抖，但他仍然沒有放棄，不肯罷休的大喊著：

「這是夢！不可能有這種事！我不可能被抓……」

「是喔，你憑什麼這麼說？」

「因為我是羅蘋，我吃了那家柑仔店的麵包！警察不可能抓得到

怪盜羅蘋……」

「喂！」

三河一把抓住秀元的衣領，而且他臉上的表情和剛才不一樣了。

「你說的柑仔店，該不會是錢天堂吧？」

「啊？」

秀元瞪大了眼睛。為什麼這個刑警知道那家柑仔店？

「刑警先生……你、你、你知道那家……」

「對，我知道。」

秀元的臉色發白，心臟劇烈的跳動著。

「你在那裡買了什麼？」

「……怪盜螺螺麵包。」

「嗯？喔，那家店的確有這種東西，你買了那個嗎？真是個廢物。」

「先別管我的事！刑警先生，你為什麼也知道那家店？」

三河笑了笑，鬆開了秀元的衣領。

「我從小就想要成為教訓壞蛋的人。在我剛進警察學校時，突然走進那家柑仔店，買了『正義使者：英雄刑警布丁』。不知道是不是吃了那個布丁的關係，至今為止，任何犯罪都逃不過我的眼睛。」

三河得意的笑了起來。

「所以啊，我說怪盜羅蘋，你是被正義使者逮到了，就趁早死了心吧！」

「我、我不能接受！」

秀元大叫著。

「不是同一家柑仔店的零食嗎？為什麼我買的怪盜螺螺麵包的效果，就不如你的英雄刑警布丁，我不能接受！」

說到這裡，秀元突然想起那家店的老闆娘最後對他說的話……

「玩遊戲還是節制一點比較好，因為這個世界上，還有比你運氣更好的人。如果忘了這件事，搞不好……」

「走吧！」三河對駕駛座上的警察說。

警車開了出去，秀元的表情就像死人一樣。

江城秀元。四十六歲的男人。昭和五十六年的一百元硬幣。

註：昭和為日本昭和天皇在位時所使用的年號。昭和五十六年為西元一九八一年。

2 醫生汽水糖組

千里走去藥局。因為媽媽一大早身體就很不舒服，所以她打算去為媽媽買藥。

她知道要去買頭痛藥。因為媽媽經常吃，所以千里也知道要買哪種藥。雖然她不記得藥的名字，但只要看到藥盒，馬上就知道了。

「要趕快買藥回家給媽媽吃。」千里已經讀幼兒園大班了，出門買東西根本是小事一樁。她也知道藥局在哪裡，絕對不可能會迷路。

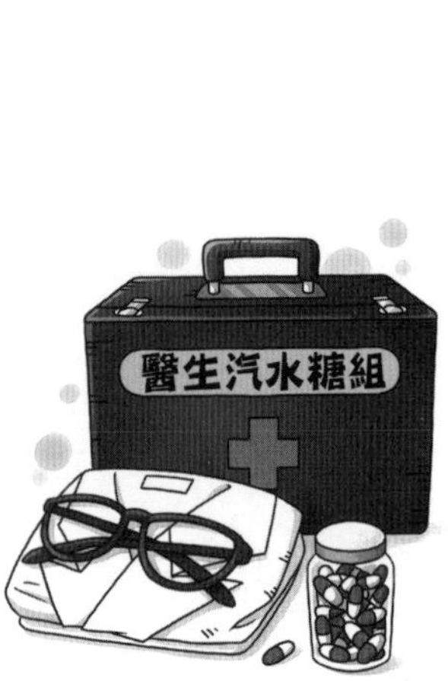

但是，千里卻走到了完全不熟悉的地方。當她回過神時，發現自己站在一條昏暗的小巷子裡。眼前只有一家店，其他什麼都沒有。

我怎麼會走來這種地方？千里眨著眼睛，打量著那家店。那是一家柑仔店，裡頭有各式各樣的零食。千里被那些零食吸引，情不自禁走進店裡。

店裡有許多她從來沒看過的零食，有的看起來很漂亮，有的看起來有點可怕，但每一種零食都很誘人，千里很想把每一樣東西都帶回家……。

她正猶豫時，聽到一個聲音。

「歡迎光臨，幸運的客人。」

一個身材高大的女人從柑仔店深處走了出來。她比千里的爸爸更高，而且胖胖的，穿著葡萄色的和服，頭髮像奶奶一樣全都白了，但她的臉蛋卻像水煮蛋一樣光滑。她紅色的嘴唇和頭上插的很多髮簪，看起來格外閃亮。

她蹲在千里面前笑著問：

「請問你想要什麼？請說說你想要的東西。」

聽到她親切的輕聲細語，千里立刻不加思索的回答：

「我想要變成醫生，我想要治好別人的病。」

沒錯，千里的夢想是當醫生。她經常想，以後要當醫生，治好媽媽的頭痛，還要為很多人治病。

女人嫣然一笑說：

「心地善良的客人可以得到天大的幸運。你想要當醫生嗎？你看看這個怎麼樣？」

女人從店裡拿出一個黑色手提箱，啪一聲打開了。

手提箱裡有許多茶杯大小的瓶子，每個瓶子裡都裝滿了不同顏色、好像膠囊一樣的汽水糖，還有一件摺好的白袍和黑框眼鏡。

「這是醫生汽水糖組，你也看到了，裡面有汽水糖藥、白袍、醫生眼鏡。」

千里盯著醫生汽水糖組，一句話也說不出來。她以前從來沒有見過這麼棒的東西，也從來沒有這麼想要一樣東西。千里發自內心想要醫生汽水糖組，但是，那一定很貴。

女人似乎聽到了千里心裡的話，輕鬆的說：

「醫生汽水糖組只要十元而已，只要十元，它就屬於你了。」

千里雙眼發亮，立刻付了十元。

「沒錯，的確是平成（註）三年的十元硬幣，這是今天的寶物。這就交給你了，謝謝惠顧。」

海賊克仁
海賊克仁
福

女人把手提箱交給了千里，然後用觸動人心的奇妙聲音說：

「如果你只是當零食吃，可以自己把汽水糖吃掉。如果想要當醫生，就不要吃汽水糖，先穿上白袍，戴上醫生眼鏡後，眼鏡會告訴你該怎麼做。你記住了嗎？」

「記住了。」

千里緊緊抱著手提箱，連續點了好幾次的頭。她完全聽懂女人說的話，如果想用醫生汽水糖組當醫生時，就要穿上白袍，戴上眼鏡。她把話牢牢記在心裡。

她完全不記得之後自己是怎麼走回家，當她回過神時，已經回到家裡了。

媽媽仍然無力的倒臥在沙發上，似乎完全沒有察覺千里曾經出門，當然也不知道千里已經回家了。

「媽媽今天好像很不舒服，要趕快讓媽媽好起來。」千里想。

千里打開醫生汽水糖組的手提箱，把白袍披在衣服外面。白袍穿在她身上剛剛好，簡直就像是為她量身訂做的。

接著，她又戴上黑框眼鏡，立刻發現媽媽頭上冒著黃色的煙霧。煙霧的顏色一看就知道很不妙。這一定就是造成媽媽頭痛的原因。但是，該怎麼辦呢？

正當千里這麼想的時候，忽然聽到眼鏡用沙啞的聲音對她小聲說話：

「黃色的頭痛就要用黃色汽水糖，給她服用黃色止痛汽水糖。」

千里嚇了一跳，拿下了眼鏡。

「眼鏡先生……剛才是你在說話嗎？」

但是，眼鏡沒有吭氣，什麼話都沒說。千里轉頭看向媽媽，發現剛才的黃色煙霧不見了。

「是不是只有戴上眼鏡的時候才能看到？」

她戰戰兢兢的戴上眼鏡，果然又看到了黃色的煙霧，而且又聽到了剛才的聲音。

「實習生，你還在遲疑什麼？趕快讓病人吃黃色汽水糖，趕快讓病人舒服一點。」

眼鏡說話的語氣很嚴厲，聽起來好像是經驗豐富的醫生。

「好、好。」

千里趕緊從手提箱裡找出裝了黃色汽水糖的瓶子。

「要給病人吃幾顆？」

「嗯，這位病人已經頭痛一段時間了，給她吃兩顆，這樣可以治好她的頭痛，以後也不會再痛了。」

「好，兩顆。」

千里拿出兩顆汽水糖，跑到媽媽身邊。

「媽媽，媽媽，你醒醒。」

媽媽無力的睜開眼睛。

「千千，怎麼了？你怎麼穿這樣的衣服。」

「我現在是醫生，我要給媽媽吃藥，你張開嘴巴，把這個吃下去。」

「醫生遊戲？不好意思，媽媽現在……」

「這不是遊戲，求求你，媽媽，我求求你吃嘛！」

千里苦苦哀求，媽媽終於把汽水糖放進嘴裡，沒有好好咀嚼就吞了下去。

「我吃了，所以讓媽媽休息一下。吃了藥之後，不是就要好好睡覺嗎？」

但是，千里並沒有仔細聽媽媽說話。她盯著媽媽頭上的黃色煙霧看，看到它漸漸變淡，媽媽的氣色也越來越好了。

媽媽似乎也發現自己的改變了，她瞪大眼睛嘀咕說：

「怎麼回事？頭好像突然不痛了。真奇怪，剛才還很痛。」

媽媽不知道發生了什麼事，所以很驚訝。

「現在沒問題了。」

眼鏡心滿意足的說，千里也很滿意。

「我還想救更多生病的人，眼鏡先生，我們出去走走。」

「要叫我醫生才對。好，實習生，那我們出門看診去。」

千里戴上醫生眼鏡，拎著醫生汽水糖組的手提箱走出家門。

千里走在附近的商店街，認識的叔叔、阿姨都滿面笑容的向她打招呼。

「哎喲，千千，你的打扮很漂亮啊。」

「你在當醫生啊？真了不起。」

「謝謝。」

千里向叔叔、阿姨道謝，同時東張西望，尋找生病的人。

然後，她發現醬菜店阿姨的頭上正冒著煙，而且是藍紫色的煙。

「喔喔，那是胃痛的煙。實習生，快拿出藍色汽水糖，一顆就好。」

「好，我知道了。」

千里拿出一顆藍色汽水糖，對醬菜店的阿姨說：

「阿姨好。」

「哎喲，是千千啊，你怎麼穿這身衣服？」

「今天我是醫生喔。阿姨，你是不是肚子痛？這個給你，你趕快吃。」

「你怎麼知道我肚子痛？」

「因為我是醫生啊，所以你趕快吃這個。」

「好、好，謝謝你。」

阿姨似乎不想吃汽水糖，但因為千里一直看著她，她只好勉為其難的把汽水糖放進嘴裡。

沒想到立刻有了效果。阿姨頭上藍紫色的煙消失了，蒼白的臉上恢復了血色。

「千千，我現在好像不痛了。剛才的糖果是什麼糖啊？」

「那是藥，太好了，你肚子不痛了。那就改天見嘍！」

千里又出發去找新的病人。

接下來連續好幾天，千里都穿著醫生的衣服，拎著黑色手提箱在社區內走來走去，只要看到有人生病或是受傷，就用汽水糖的藥治好他們。

除了腳痛的人、腰痛的人、感冒咳嗽的人、想要嘔吐的人、胸口痛的人，千里甚至治好了附近的貓和狗，看到大家臉上痛苦的表情消失，是千里最高興的事。

和醫生眼鏡聊天也很快樂。眼鏡除了告訴她該用哪一種汽水糖以外，還會教她公園裡長了哪些藥草，以及使用的方法，千里已經學會自己調藥了。

有一天，千里像往常一樣四處尋找病人時，看到了魚店的源叔叔。源叔叔皺緊眉頭，坐在商店街的長椅上。雖然他頭上沒有煙，但千里還是覺得不放心。因為今天的源叔叔和平時不一樣。

千里情不自禁走到源叔叔面前說：

「源叔叔好。」

「嗯？喔，千千醫生，你好。」

最近，大家都叫千里「千千醫生」，只有醫生眼鏡仍然叫她「實習生」。

「有什麼事嗎？」

「沒有，只是我看到你皺著眉頭，你還好嗎？是不是哪裡不舒服？」

「不，身體沒有任何不舒服，只是很生氣。唉！千千醫生，那我就告訴你吧。你要不要坐下來聽我說？」

叔叔為千里騰出了空位，又去自動販賣機買了草莓牛奶請她喝，然後說出他的煩惱。

「千千醫生，你應該也知道，我們花園商店街每年和隔壁社區的石丸商店街有棒球比賽。」

「嗯，我知道。」

千里點了點頭。

花園商店街和鄰近的石丸商店街是多年來的競爭對手，經常舉辦各種活動相互競爭，秋季的棒球比賽更是重頭戲。到底誰輸誰贏？那些大人都很投入，所以個個摩拳擦掌。

去年是花園商店街獲得壓倒性勝利。石丸商店街可能很不甘心，所以今年使出了詭計。原本規定，只有商店街的人才能參加棒球比賽，但他們竟然偷偷邀請大學棒球隊的學生加入。

源叔叔意外得知了這個祕密消息，立刻去向石丸商店街抗議，沒想到對方竟若無其事的反駁說：

「這些年輕人將來是要繼承商店街的人，他們為什麼不能參加棒球比賽？」

源叔叔咬牙切齒的說：

「他們真是太過分了，因為不想輸給我們，特地找來了那些年輕的棒球高手。什麼繼承商店街！少騙人了，只不過是在棒球比賽時僱用他們當工讀生而已！」

源叔叔在說話時，也氣得滿臉通紅。

「那我們也可以僱用工讀生。」

「這可不行，我們不想用這種卑鄙無恥的手段。」

「但如果不僱用工讀生，不是會輸嗎？」

「呃……是、是啊，但是，即使這樣，我們還是不想做違反規定的事。不管對方用什麼詭計，比賽就是要憑實力。」

源叔叔說的話很帥氣。

「但老實說，這場比賽真的很吃力呢。如果我們再年輕三十歲，根本不會把那些大學生放在眼裡。別看我這樣，想當年，還曾經是全壘打王，蔬果攤的大叔是盜壘高手。唉，如果能夠返老還童就好了。」

源叔叔懊惱的重複這句話。

千里突然想到一個好主意，她對源叔叔說：「源叔叔，你一定要打起精神喔。」說完，她就跑回家裡詢問醫生眼鏡。

「能不能教我做出返老還童的藥？」

「你想給那些大叔喝嗎？」

「嗯，你剛才應該也聽到了，石丸商店街好過分，花園商店街的叔叔太可憐了，他們一定打不過那些大學棒球隊的哥哥們。」

「的確是這樣……好吧，雖然沒辦法做返老還童的藥，但可以做精力飲料。實習生，趕快動手吧！」

「好！」

接下來的好幾天，千里都按照醫生眼鏡的指示，把汽水糖藥碾碎，再把粉末和藥草混合，努力製作新的藥。

到了棒球比賽那一天，千里帶著大熱水壺，前往舉行比賽的小學操場。

石丸商店街的選手都聚集在操場上。他們全都是年輕人，個個身材健壯，肌肉飽滿，在做暖身運動時也有模有樣。

真的是太過分了。

千里越想越生氣，四處尋找花園商店街的選手。這時，和果子店的老闆娘向她打招呼：

「這不是千千醫生嗎？你怎麼來這裡了？在找人嗎？」

「嗯，我在找源叔叔和其他人，我為他們準備了特製的精力飲料。只要喝了精力飲料，他們就可以活力百倍。」

千里說完，指了指肩上背的熱水壺。

「哎喲喲，那真是太好了，你的藥都很有效呢！對了對了，源叔叔他們正在那裡的帳篷開作戰會議。」

「謝謝，那我去找他們。」

千里走向帳篷。她信心十足，因為馬上就可以為源叔叔和其他人增加活力，讓他們變成活力充沛的叔叔。

雖然在半路上發生了一點小意外，但千里還是順利來到帳篷。

源叔叔和其他人都在帳篷內。棒球隊成員的平均年齡超過五十歲，和對方的選手相比，真的都太老了，不過他們有「輸人不輸陣」的鬥志。他們相互發誓，至少要得一分。

源叔叔和其他人一看到千里，立刻睜大了眼睛。

「千千醫生，你怎麼來了？」

「你的衣服上都是泥巴。」

「嗯，剛才來這裡的路上不小心跌倒了。雖然我剛剛哭了，但很快就擦乾眼淚了。」

「是嗎？幸好你沒有受傷，而且馬上就擦乾眼淚，真是太了不起了。」

「喔，時間差不多了。好，我們出發吧！」

「等一下！」

千里叫住了他們。

「我帶來了精力飲料！只要喝了這種飲料，大家就可以活力百倍！等我一下。」

千里把紙杯排放在旁邊的桌子上，在每個杯子裡倒了少許熱水壺裡的飲料。

「好了！你們喝這個，然後好好加油！」

源叔叔和其他人看了紙杯裡的飲料，微微偏著頭。

「這是精力飲料？」

「對啊，是我自己調配的，很有效喔！」

千里挺起胸膛說，源叔叔和其他人互看了一眼，然後笑著點了點頭。

「既然千千醫生特地送來了，那我們就用這個飲料來乾杯，振作士氣！」

「好啊！」

「那我們就不客氣了！」

「為我們的勝利乾杯！」

「乾杯！」所有人都一口喝完了飲料。

千里興奮的看著源叔叔他們。效用快出現了吧？年紀最大的戶田爺爺是不是會挺起彎著的腰呢？大家是不是會感到全身充滿力氣？

但等啊等，等啊等，源叔叔和其他人看起來沒有任何改變。千里正覺得納悶時，外面響起了哨子聲。比賽即將開始。

源叔叔把手放在千里的頭上說：

「謝謝你送來好喝的飲料，那我們上場了。」

「千千醫生，謝謝你。」

「我們會好好加油！」

源叔叔和其他隊友說完後，陸續走出了帳篷。

只剩下千里一個人時，她立刻拿出醫生眼鏡戴了起來。

「醫生，太奇怪了！飲料好像完全沒有效果！為什麼？那樣的配

方有問題嗎？」

「你不放心嗎？飲料的配方應該沒問題，不可能沒有效果。」

「但是……」

「廢話少說！你先讓我看看剩下的飲料。」

千里一邊啜泣，一邊把熱水壺拿給醫生眼鏡看。醫生眼鏡一看到水壺內的飲料，立刻嘆了一口氣。

「實習生，這根本不是精力飲料啊！」

「咦？」

「這只是普通的柳橙汁，有人把你的飲料調包了。」

「怎、怎麼會這樣！但是，到底是誰？是誰幹的？」

到底是誰？什麼時候調了包？千里完全猜不透。

精力飲料到底去了哪裡？

原來千里剛才與和果子店的老闆娘聊天時，剛好有人聽到了他們聊天的內容。

那個人就是在社區內開診所的醫生犬丸忠志。

犬丸最近心情很糟，因為上門找他看病的病人越來越少。雖然感冒正流行，但診所的候診室空空蕩蕩，他完全不明白診所生意一落千丈的原因。

剛好他聽到了一個傳聞——「千千醫生的汽水糖藥比犬丸醫生開的藥有效多了。」

犬丸立刻對千里的藥產生了好奇，然後一直在找機會，想要搶走千里的藥。所以當他聽到千里和老闆娘的談話時，就暗自慶幸，想著：「居然有可以增加活力的果汁，太好了！」

犬丸立刻去追千里，而且故意把她撞倒在地。當千里在哭的時候，他假惺惺的說：「對不起，對不起。」然後拿走她的熱水壺，走進帳篷，偷偷用事先準備的飲料調了包，然後又若無其事的把熱水壺還給了千里。

這下子太好了！等一下這個小鬼會把普通的柳橙汁帶給花園商店街的選手喝，接著當然不可能有任何效果。花園商店街隊和石丸商店街隊比賽時，應該會輸得很慘。到時候，這個簡直就像瘟神的幼兒園小鬼就會顏面盡失，大家也就不會再被那些無聊的傳聞迷惑，也會再度回到犬丸診所來看病。

犬丸一想到自己的計畫就得意的露出笑容，完全沒有想到自己對一個小孩子做出這種事，實在太卑鄙無恥了。

犬丸試喝了一下偷來的精力飲料，感覺和普通的精力飲料差不多。但他心想，既然有這種飲料，不如就送去給石丸商店街隊的選手喝，搞不好還能讓更多人對他產生好感。

犬丸拿著裝了精力飲料的寶特瓶，哼著歌走去石丸商店街隊的帳篷。這時，領隊正在和選手開會。

「各位好！」

「喔，原來是犬丸醫生。」

「領隊你好，今天天氣很好，真是太適合比賽了。但這種天氣要避免脫水，如果不補充充足的水分會昏倒。這是我調配的精力飲料，你們可以在比賽前喝。」

「真是太好了，那我們就不客氣了。喂，你們還不趕快謝謝醫生。」

「謝謝醫生！」

「嗯，嗯，不客氣，大家喝吧！」

犬丸難掩喜悅的看著年輕選手喝下精力飲料。

比賽開始了，首先是花園商店街隊走上操場。雖然選手們的年紀都很大，但每個人都充滿了幹勁。

「好，大家聽好了！要讓那些使詭計的傢伙見識一下我們的厲害！」

源叔叔精神抖擻的吆喝著。這時，石丸商店街隊走進操場。

「嗯？怎麼回事？」

每個人都感到很納悶，因為走進操場的那些年輕選手個個無精打采，搖搖晃晃，走路也很不穩。他們不停的眨眼睛，一看就知道完全沒有活力。

「喂喂！年輕人，怎麼回事啊？」

「這些死小孩！難道是在嘲笑那些大叔嗎？」

即使聽到觀眾的調侃，石丸商店街隊的成員仍然無精打采、搖搖晃晃。

這時，千里仍然戴著醫生眼鏡，醫生眼鏡竟哈哈大笑起來，似乎覺得很有趣。

「醫生，你笑什麼？」

「那些人應該是喝了精力飲料。」

「咦？那些哥哥喝了精力飲料？」

「嗯，絕對沒錯！一定是有人從你手上偷走了飲料，還拿給他們喝了。這種行為真是太愚蠢了。實習生，你聽好了，只有活力不足的人喝了精力飲料才有效，原本就活力充沛的人喝了反而會消耗精力。」

「原來是這樣啊？」

「嗯，你看著，這場比賽應該會很好玩。」

醫生眼鏡說得沒錯，這場比賽真的很有趣。

花園商店街的大叔在場上的表現令人嘆為觀止。

源叔叔擊出了全壘打，蔬果攤的大叔盜壘得了一分，戶田爺爺也滑壘安全上壘。

至於全都是年輕選手的石丸商店街隊揮棒無力，球也接不到，連跑也跑不動，簡直糟透了。最後連一分也沒得，就輸了這場比賽。

沒錯，花園商店街隊打贏了大學棒球隊的成員。怎麼會有這種

事？石丸商店街的人個個都目瞪口呆，犬丸也張大了嘴。

球隊領隊氣鼓鼓的去找犬丸興師問罪。

「你給我們隊的年輕選手喝了什麼！」

「咦？」

「大家喝了你帶來的果汁之後，全都變得有氣無力！那裡面究竟加了什麼啊？」

「不、不是！這和我沒有關係！是那個小女孩調配的！你看，就是那個叫千里的小女孩！」

領隊聽了犬丸的回答，更加火冒三丈。

「你這個可惡的傢伙！你居然還想嫁禍給年紀那麼小的孩子！你太可惡了！」

石丸商店街的人聽到吵鬧聲，紛紛圍了上來。得知球隊是因為喝了犬丸送來的飲料才會輸，個個都怒目相向。

犬丸嚇得拔腿就逃，但球隊領隊並沒有放過他。犬丸拚命逃跑，領隊和其他人緊追不放。

花園商店街的人並沒有發現這件事，因為他們正在歡樂的慶祝。

每個人都笑逐顏開，大聲唱著歌。有大嬸撒紙花，也有爺爺打開汽水的瓶子，發出砰砰砰砰的聲音。

千里也很高興，拍著手大聲歡呼。雖然沒辦法讓選手喝到精力飲料，但也許這樣更好。因為源叔叔和其他隊友憑自己的實力贏了這場比賽。

之後，千里也忙著把汽水糖藥送給有需要的人，幫助了很多人。而汽水糖當然越來越少，最後終於用完了。

汽水糖用完的同時，醫生眼鏡也不再發出任何聲音。醫生眼鏡完成了它的使命。

但是，千里把藥瓶、白袍、醫生眼鏡和手提箱都留了下來。她打算在自己成為真正的醫生之前，都要好好珍藏。

楠本千里。五歲的女孩。平成三年的十元硬幣。

註：平成為日本明仁天皇在位時所使用的年號。平成三年為西元一九九一年。

3 占卜仙貝

早苗的班上目前很流行占卜。女生整天用撲克牌和塔羅牌占卜，也很愛看星座和血型占卜的書。

早苗每天也請同學為她占卜，然後因為那些占卜結果興奮得大叫。日子一久，她漸漸無法滿足。因為她不想光是讓別人為自己占卜，她也想要擁有占卜的能力。

但是，由梨繪和小渚是撲克牌占卜高手，之前就被大家稱為

「靈感少女」的琴音則是很擅長塔羅牌占卜；無論星座占卜和血型占卜在班上都已經有「專家」了。如果不找出新的占卜方法，就無法引人注目。而早苗想要引人注目。

於是，她決定去書店看看，她想：「也許占卜區有什麼新的占卜書。」

她把好不容易存下來的零用錢放進皮夾，快步走在路上。這時，有一隻黑貓從她面前經過。

早苗停下腳步。對事物代表的凶吉很有研究的佳織好像說過，如果看到黑貓走過，就會發生不吉利的事。

「不能走這條路，要改走其他的路。」早苗走進岔路的小巷。她一走進去，便立刻停下了腳步。那條髒亂昏暗的小巷子盡頭有一家小店。

早苗對這裡竟然有一家店感到驚訝不已。當她發現那是一家柑仔店時就更加驚訝了。怎麼會有人在這種根本沒有人經過的地方開店？而且這家店是什麼時候開的？從外表看起來，好像已經很舊了。

她覺得這家店很可疑，但又覺得這和自己無關。她想，不必理會這種店，我是要去書店。

早苗正打算走過柑仔店。但是當她走到店門前時，卻發現自己無法再繼續向前走了。

哇，太厲害了！這家店對她散發出強大的吸引力，她忍不住興奮起來。怎麼可以過門而不入呢？一定要進去看看才行。

早苗搖搖晃晃的走進「錢天堂」柑仔店，店裡放滿了各種零食，每一種零食好像都在對早苗說話。早苗覺得這家店一定有魔法，她興奮得全身發熱。

「歡迎光臨！」

一個聲音招呼著早苗，那個聲音好像有回音似的。

早苗一回頭，看到一個身材高大的女人正站在那裡。她穿了一件古錢幣圖案的紫紅色和服，頭上插了五顏六色的玻璃珠髮簪。頭髮像雪一樣白，但臉上完全沒有皺紋，擦著紅色口紅的嘴唇看起來很性感。

這個女人充滿神祕的感覺，而且全身散發出強烈的氣場，和這家店相得益彰。

早苗完全被眼前的女人震懾了，那個女人對她笑了笑說：

「你是今天的幸運客人，請問你想要什麼呢？請說出你想要的東西吧。」

女人的聲音滑進早苗的心裡。她問我想要什麼？我當然早就決定好了。

「我想成為占卜高手，我想要具有占卜能力。」

「原來是這樣，你想要具備和未知領域產生交集的能力，你看看這個怎麼樣？」

女人的袖子一飄，從貨架下方拿出一個小紙袋包起的東西。那是個有點暗的朱色紙袋，用白色貼紙封了口。貼紙上用又粗又柔軟的字體寫著「稻荷仙貝」。

早苗的雙眼緊盯著紙袋，「就是這個，我想要！我無論如何都想要得到它。」

早苗目不轉睛的看著紙袋，緊張的問：

「這、這要、多少錢？」

「五十元，但你只能用一枚五十元硬幣來付錢。你身上有五十元，對嗎？」

女人緩緩問道，早苗慌忙在皮夾裡翻找。找到了。剛好有一枚五十元。她把五十元硬幣交給女人，女人開心的笑了起來。

「沒錯，的確是昭和四十九年的五十元，這個是你的了……要好好聽從神意喔。」

那個女人最後說了一句奇怪的話，但早苗根本沒有聽到。因為她所有的注意力都集中在女人遞給她的紙袋上。

「太好了！我得到了！我得到了超厲害的東西！」早苗在心裡驚呼著。

她既興奮又喜悅，整個人輕飄飄的，好像踩在雲上。她甚至忘了自己原本要去書店，就一口氣飛奔回家。

她跑回自己的房間後，先仔細打量了紙袋。紙袋內側寫了以下內容：

神機妙算稻荷仙貝：吃了稻荷仙貝，頓時靈氣百倍，你也可以成為稻荷神社的神官。附贈「包準」抽籤鑰匙圈。

靈氣百倍！哇哇哇，太令人期待了！

早苗打開了紙袋，紙袋裡裝滿了白色仙貝。這些白色仙貝是長方形的，像洋芋片一樣薄，和普通的仙貝不一樣。表面有黑芝麻，上面寫了神祕的文字和奇妙的圖案，簡直就像是護身符。

她立刻吃了一片。

「好吃！」

仙貝很好吃，香噴噴的芝麻味和鹹香味道實在太搭、太美味了，而且又薄又脆，讓人一片接著一片吃不停。

早苗停不下來，最後把一整包仙貝都吃完了。

她摸著紙袋底部，想看是否還有仙貝屑時，摸到了一個光滑的東西。那不是仙貝。她慌忙拿了出來，發現小塑膠袋裡好像包了什麼東西。

「鑰匙圈？啊，剛才紙袋上寫了附贈『包準』抽籤鑰匙圈。一定就是這個。」早苗把鑰匙圈從塑膠袋裡拿了出來。

鑰匙圈和大拇指差不多大，是奇怪的紅色八角形筒，紅筒上方有一個小洞。她試著搖了搖，聽到啪啦啪啦、沙沙沙的聲音。裡面

好像裝了很多東西。她倒過來搖了搖，但沒有倒出任何東西。

到底該怎麼做呢？

就在早苗不知如何是好時，她發現塑膠袋裡有一張摺得很小的紙。還在想「大概是說明書吧！」時，早苗拿出來一看，果然就是說明書。

抽籤鑰匙圈：只有吃了稻荷仙貝的人才有辦法使用。這是狐神的魔法工具。只要說出你的問題，最後念一聲：「稻荷神每言必中！」然後搖一搖抽籤筒。稻荷神就會透過籤條回答你所有的問題，但一定要遵守稻荷神的指示。如果讓稻荷神預言，卻又不遵守是極度失禮的行為。若有違背，稻荷神可能會嚴加處罰。

原來是這樣啊！要先問想要知道的問題，然後再搖抽籤筒。早苗決定試一試。

「嗯，請你告訴我，明天上課時，老師會點名我回答問題嗎？稻荷神每言必中！」

早苗念完咒語後，搖了搖抽籤鑰匙圈。

喀！這次只搖了一次，就有一個棒狀的東西從小洞裡掉了出來。籤棒上刻著勉強看得清楚的字。

上面只有一個字，「是」。

「哇，不會吧！呃，那是哪一堂課？稻荷神每言必中！」

喀！又有一根籤棒掉了出來。這次的籤棒上寫著「數」。

「數？數學課？哇，慘了！」

她慌忙拿出數學作業。她想，既然老師會點名自己回答問題，那就必須先寫完功課，否則會在同學面前出糗。

但是，早苗最不喜歡數學，好不容易寫完第一題，看到第二題時，她就準備放棄了。

突然，早苗靈機一動。對了，這個抽籤筒應該也可以用來寫功課。

「今天數學作業第一題的答案是多少？稻荷神每言必中！」

籤棒顯示答案是「七十七」。早苗辛辛苦苦算出來的答案也是「七十七」。

答對了！是真的！抽籤筒真的每言必中！

早苗興奮不已，用抽籤筒解完了一題又一題的作業。寫完功課之後，她又問了抽籤筒其他的問題。

「我明天要穿什麼顏色的衣服？」

「藍。」

「明天學校會發生不好的事嗎？」

「是。」

「會發生什麼不好的事？」

「掉落。」

「掉落？什麼掉落？」

「網。」

「網……是哪裡的網掉落？」

「活動。」

「……是指運動場嗎？所以這個網可能是蜘蛛網。蜘蛛網掉落並不是什麼太不好的事。嗯，算了。還有其他的事……」

早苗讓抽籤筒回答了很多問題。

隔天，早苗穿了藍色牛仔褲和藍色T恤，又戴了藍色髮夾，一身都是藍色。她興致勃勃的上學去，當然也沒忘了帶那個抽籤筒。

走進教室，發現上野同學已經到了。早苗有點喜歡這個男生。

上野看到早苗，露出驚訝的表情。

「嗨，野田，你喜歡《大海王》嗎？」

上野突然對早苗說話，讓早苗有點不知所措。她愣了一下，才知道上野在說她的T恤。

她身上這件印了卡通《大海王》的標誌和卡通人物的藍色T恤其實是她哥哥的。因為她沒有藍色衣服，所以偷偷從哥哥的衣櫃裡借了這件衣服。

原本以為這件衣服太大，穿在身上不好看，但幸好聽了抽籤筒的話，穿了這件藍色的衣服，才有機會和上野說話。

早苗點了點頭。

「嗯，對啊，很喜歡啊，尤其是這個角色。」

「真的嗎？我也最喜歡戴達勒，還有瑪多勒也不錯，他的絕技超厲害，對不對！」

「嗯，對啊對啊！」

早苗敷衍的附和著。她暗自下定決心，回家之後，要好研究《大海王》。好不容易和上野拉近了距離，當然不能錯過這樣的大好機會。

第二堂課是數學課。抽籤筒的預言很準，老師果然點名早苗回答問題，但抽籤筒事先告訴了她答案，所以她答對了。她的作業當然也全對。

接著是體育課，今天的上課內容是打籃球。全班分成四隊輪流比賽。

早苗是C隊，暫時還沒有輪到他們。當他們在看A、B兩隊比賽時，早苗突然想起抽籤筒昨天的忠告。

今天會發生不好的事，網子會在活動的地方掉落。

原本她一直不了解這個預言的意思，但現在她突然明白了。活動的地方指的是體育館，那麼網子指的應該是籃框，網子會掉落就表示——籃框會掉下來！

這時，上野剛好搶到了球，正要衝向籃框。如果上野頭上那個大籃框掉落下來，他一定會被砸死。

早苗不顧一切的站了起來，大聲喊著：

「不行！趕快離開那裡！」

聽到早苗大叫的聲音，大家都大吃一驚，愣在原地。所有人注視著早苗，讓早苗羞紅了臉。老師也跑了過來。

「野田同學，怎麼了？你為什麼突然大叫？」

「對、對不起，但是很危險！那個籃框會掉下來，所以我想提醒大家都不要靠近。」

「籃框會掉下來？怎麼可……啊……」

就在這時，砰的一聲巨響，籃框從牆壁上掉了下來。轟隆一聲，重重的砸在離上野不到十公分的地方。

體育館內亂成一團，廠商和校長紛紛趕到體育館。早苗和其他同學回到教室自習，但是沒有人能靜得下心來寫功課，全都圍著早苗，紛紛問她為什麼知道籃框會掉下來。

早苗慢慢告訴大家。

「因為我看到了預言。」

「預言？什麼意思？早苗，你也開始玩占卜了嗎？」

「嗯，我是用這個占卜的，超準！」

早苗拿出抽籤鑰匙圈給大家看，但大家都沒什麼反應，紛紛露出不以為然的表情，早苗很生氣。

「真的很準。籃框掉下來也是抽籤筒告訴我的，我也可以為你們占卜，不管什麼問題都可以。」

不久之後，早苗的抽籤占卜大受歡迎。下課時、放學後，連其他班的學生也都來找她占卜。因為早苗的抽籤占卜非常靈驗，所以一天比一天受歡迎。

早苗得意極了，如今，大家都叫她「預言家早苗」，對她佩服得五體投地。早苗覺得被人崇拜的感覺真是太棒了，她想要引人注意，想要出風頭的心願實現了。

雖然她實現了心願，但她也產生了新的不安。她擔心其他同學也去那家柑仔店買抽籤鑰匙圈。

她希望抽籤鑰匙圈只屬於她一個人，別人不能擁有。

於是早苗決定再去那家柑仔店，直接和老闆娘談判。她要拜託老闆娘，即使其他同學想要買附贈抽籤鑰匙圈的「稻荷仙貝」，也不要賣給他們。

但是沒想到，她竟然找不到那家店了。她明明走對了路，但那家店卻消失無蹤，好像搬去其他地方了。

但是，早苗並沒有放棄。既然搬家了，只要知道搬去哪裡就好。於是，她問了抽籤鑰匙圈。

「請告訴我錢天堂在哪裡？」

「不。」

「錢天堂倒閉了嗎？」

「不。」

「現在還在某個地方營業嗎？」

「是。」

「但是不可以告訴我嗎？」

「是。」

「為什麼？」

「沒有。」

「沒有？什麼沒有？」

「運氣。」

早苗很不耐煩，她不明白，沒有運氣是什麼意思？

「我無論如何都想去那家店！你要協助我去那家店！」

「不。」

「為什麼不行？」

「凶。」

「我不應該找那家店嗎？」

「凶。」

「凶是什麼意思？」

「凶。」

接下來，無論早苗問什麼，抽籤鑰匙圈都只掉出「凶」的籤棒，簡直就像是抽籤鑰匙圈在鬧彆扭。

早苗很生氣，把鑰匙圈塞進了口袋。

「好啊，算了，那就不求你，我自己去找！錢天堂一定就在這附近，我只是找錯路了，那家柑仔店一定就在附近。」

早苗開始四處尋找。沒想到這次花了不到一分鐘，就找到了那家店。那家小柑仔店看起來很舊，掛著「錢添堂」的招牌。

「沒錯，就是那家店。看吧！果然找到了！」

早苗上氣不接下氣的跑進那家店。

「歡迎光臨。」

滿臉笑容出來迎接她的人並不是上次那個女人，這個老闆娘看起來更年輕，而且很苗條，穿著有緋色火球圖案的黑色和服。

這個老闆娘看起來比上次的女人更容易親近，早苗暗自鬆了一口氣。她想，這個人應該會答應自己的要求，於是她鼓起勇氣說：

「呃、那個……那個，我上次、在這裡買了稻荷仙貝……」

「啊喲，那真是太感謝了，所以你今天又來買嗎？」

女人嫣然一笑。看到她的笑容，早苗無法再繼續說下去了。仔細想一想，拜託老闆娘不要把商品賣給別人實在是無理的要求。早苗不知道該怎麼辦，張著嘴說不出話。這時，那個女人主動開了口。

「不好意思，稻荷仙貝賣完了，但有替代的商品，也許你也會喜歡？」

女人說話時，遞給她一個像火柴盒大小的小盒子，上面畫著勾玉和鏡子的圖案，上頭寫了「巫女罐」三個字。

早苗看了一眼，立刻很想要這個產品。「巫女罐」的名字聽起來就超厲害。她已經知道這家店裡的商品很不尋常，就連稻荷仙貝附贈的鑰匙圈也那麼神奇，不知道巫女罐有多厲害。

女人向她說明商品時，早苗聽得口水都快流下來了。

「這個罐子裡有偉大巫女的靈魂，只要有了巫女罐，就不需要任何占卜的工具。你只要把巫女罐放在口袋裡，罐子裡的巫女就會告訴你預言。」

「真、真的嗎？」

「千真萬確，就像是獲得真正的通靈能力。」

真正的通靈能力。這正是早苗最想要的能力。她早就對逐一向抽籤鑰匙圈提問，而且每次最後還要說「稻荷神每言必中！」感到厭煩。如果不需要使用工具就可以占卜，那就太厲害了。

「我要這個！多少錢？」

「一千元。」

早苗毫不猶豫拿出一千元，一臉欣喜的接過巫女罐。

「我可以打開蓋子看一下嗎？」

「當然可以啊！你可以看看罐子裡的巫女長什麼樣子。」

不知道裡面是怎樣的巫女。早苗緊張的打開蓋子。罐子裡裝滿銀色黏稠的液體，看起來就像是銀色麥芽糖。早苗探頭張望，發現液體中出現了一張臉。

原來這就是巫女。早苗伸長了脖子，忍不住大吃一驚。因為液體中浮現的是早苗的臉。

「是、是我？」

「就是你。」

液體中的早苗小聲說完，就張大了嘴巴，一轉眼，就把罐子外的早苗吞噬了。

巫女罐

噹啷一聲，巫女罐掉在地上。

周圍完全沒有半個人影。早苗不見了，那個女人也不見了，就連那家柑仔店也不見了。

只剩下一家又小又舊的稻荷神社。

小小的神社看起來像娃娃屋，紅色鳥居上的油漆也有點剝落了，有一座巴掌大的狐狸雕像坐在那裡，狐狸臉上露出得意的笑容。

這時，有人從後方的黑暗中緩緩走了出來。

她是錢天堂的老闆娘紅子，她撿起巫女罐，語帶遺憾的說：

「這個客人太不聰明了，竟然違背稻荷神的預言。我事先已經提出忠告，她竟然還要問錢天堂在哪裡。話說回來，稻荷神這次應該大動肝火，所以才會親自出手教訓她。這也是無可奈何的事。以後就成為本店的商品好好發揮作用吧！別擔心，總有一天，會有需要巫女罐的客人上門。就在這裡靜靜等待那一天吧！」

老闆娘說完，把吞噬了早苗的巫女罐輕輕放進懷裡。

野田早苗。十二歲的女生。昭和四十九年的五十元硬幣。

4 音樂果

真不想去。

響走在去鋼琴教室的路上，滿腦子都想著這句話。

他真的很不想去上鋼琴課，因為佐佐木老師很嚴格，每次都挨罵。雖然他也希望可以彈一手好琴，但如果可以，他希望不用上鋼琴課，就可以彈得很好。

正當響再次嘆氣時，突然聽到了鋼琴聲。

「咦？這是〈土耳其進行曲〉？」

他情不自禁停下了腳步。因為他目前正在練習這首樂曲。顯然有人正在彈這首曲子，而且彈得很好。音色明亮，每個躍動的音符聽起來都很歡快，甚至比佐佐木老師彈得更好。

響被琴聲吸引，不知不覺走進一條小巷子。沒想到在昏暗的小巷深處有一架鋼琴，一個身穿和服，看起來很高大的阿姨正滿面笑容的彈鋼琴。奇妙的景象讓他忍不住瞪大了眼睛，但還是慢慢走了過去。

那個阿姨真的又高又大，幾乎比鋼琴更高。她的頭髮已經全白

了，但臉看起來很年輕，一雙肥肥嫩嫩的大手好像變魔術般，輕盈的在鍵盤上滑動。

美妙的演奏深深打動了響的心。

啊，我也希望可以彈得這麼出色！如果我也可以彈得像她這麼好，不知道有多快樂！

正當響的這種想法越來越強烈時，樂曲結束了。那個阿姨心滿意足的將雙手離開鍵盤，轉過頭。

「啊喲，沒想到有聽眾光臨。」

她用奇怪的方式和語氣說話，響不知道該如何回答，只好稍微把視線移開。她笑著說：

「有聽眾真是太高興了，這架鋼琴應該也沒有任何遺憾了。」

「阿姨，這是你的鋼琴嗎？」

「不是，是不懂得愛惜的人當作大型垃圾丟掉的。」

這架鋼琴的確到處都是破損的痕跡，沒想到竟然可以用這麼破舊的鋼琴彈奏出這麼美妙的樂曲。響更加覺得眼前這個阿姨實在太厲害了，她一定是世界級的鋼琴家。雖然他以前從來沒有看過穿和服的鋼琴家。

響在想這些事時，那個阿姨正輕輕蓋上了鋼琴的蓋子。

「你為什麼會在這裡彈鋼琴？」

「因為這架鋼琴在呼喚我。」

「鋼琴在呼喚你？」

「對，因為鋼琴說，它不想就這樣變成垃圾，希望我最後再彈奏它一次，而且還要求我彈奏它最喜愛的莫札特。我覺得它很可憐，所以就為它彈奏了最後一曲。」

她的話讓響感到很納悶。這架鋼琴呼喚她？這個阿姨腦筋是不是有問題？但她是個了不起的鋼琴家，這件事千真萬確。如果我也可以彈得像她一樣，就不會整天被鋼琴教室的老師罵了。

響忍不住有點嫉妒的小聲說：

「如果我也可以彈得像你這麼好就好了。」

阿姨目不轉睛的看著他，他聳了聳肩，小聲的說：

「我目前剛好在練這首曲子，但老是彈不好。佐佐木老師生氣時很可怕，我不想去上鋼琴課……所以我希望可以彈得像你一樣好。」

「你當然可以啊！」

「啊？」響忍不住抬起頭，阿姨露出奇妙的笑容，一邊小聲說著：「沒想到竟然會在這裡遇到幸運的客人。」她一邊從和服的袖子裡不知道拿出了什麼東西。

那看起來像是一小袋洋芋片，但上面寫滿了五線譜，好像是用樂譜做的零食。袋子上淺綠色的字寫著「音樂果」。

響忍不住在心裡大喊。

我想要這個！

一看到那包音樂果，他就強烈的這麼想。他以前從來沒有這麼渴望任何東西。

響目不轉睛的看著袋子，阿姨好像唱歌般說著：

「這是音樂果。只要吃了音樂果，就可以成為音樂高手。紅子我也是吃了這個，才會彈鋼琴。你想要嗎？」

響忍不住用力點點頭。他已經說不出話來，阿姨伸出另一隻手說：

「這是莫札特風味的音樂果，只要十元，由你決定要不要買。弟弟，你要買嗎？」

當然要買啊！響慌忙拿出錢包，裡面剛好有十元，他把十元遞給阿姨。

阿姨看著十元，笑了笑說：

「今天的寶物是平成十三年的十元，弟弟，你果然是幸運的客人。」

響一把接過她遞給他的袋子，心想，原來這種心情就是人家說的「快樂到飛上天」啊！

太好了、太好了！我得到了！我得到了音樂果！

當響回過神時，發現周遭只剩下自己一個人。他隱約想起那個阿姨臨走時對他說：「音樂果可以讓人充分享受音樂，但要小心，千萬不要得意忘形。」反正這種事不重要，現在馬上來吃音樂果吧！

個性急躁的響當場就打開了音樂果的袋子，發現裡面裝了金黃色、音樂記號形狀的小餅乾，裡面有高音譜記號、八分音符、二分音符和延音符號。

「太厲害了，做得真像。」

響不由得感到佩服，吃了一個音樂果。

「真好吃！」

音樂果有淡淡的鹹味，實在太好吃了。放進嘴裡後，小餅乾好像會在嘴裡跳動。

響欲罷不能，站在原地就吃了起來，越吃越有幸福的感覺。當他吃完整包音樂果時，覺得心情快樂無比，讓他很想唱歌。他覺得自己已經無所畏懼，就算去上鋼琴課也一定可以很開心。

「嗯，該去上課了。」

他把音樂果的空袋子塞進書包，一路蹦跳著前往鋼琴教室。

響走進教室，發現佐佐木老師一臉嚴肅的等著他。他一看到佐佐木老師的臉，就不由得感到害怕，前一刻的快樂心情頓時煙消雲散。

「立花同學，你遲到了。」

「對、對不起。」

「沒時間說廢話了，你趕快去鋼琴前坐好。」

「好、好的。」

響戰戰兢兢的坐在鋼琴前的椅子上。

「好，你先練習音階，再練莫札特的〈土耳其進行曲〉，要從頭開始練。」

「好。」

當響把手放在鍵盤上時，發生了奇怪的事。他的腦海中突然充滿了音樂，手指也不由自主動了起來。

他彈奏的〈土耳其進行曲〉完美無缺，比CD的演奏更動聽。

佐佐木老師聽著響彈奏出美妙無比的樂聲，忍不住目瞪口呆，就連響自己也嚇了一大跳。

啊，我會彈了！我真的會彈了！我只是坐在鋼琴前，就自動會彈了。啊，太開心了！莫札特太令人興奮了！

〈土耳其進行曲〉結束之後，響仍然沒有結束演奏。樂曲一首接一首在他腦海中湧現，有一些甚至是他從來沒有聽過的曲子，但響並不在意，他要用鋼琴表達內心的興奮和愉悅。

響不知道彈了多久，內心才終於平靜，才心滿意足的讓雙手離開了鍵盤。

他停頓了一秒後，轉頭看向後方，發現其他班的鋼琴老師全都聚集在他身後，個個瞪大了眼睛，有的老師甚至還流著眼淚。

之後更引起了小小的騷動。佐佐木老師興奮的叫著：「這個學生是天才！必須馬上讓他登上國際舞臺！」然後又打電話把響的媽媽也找來了。

接下來的日子，響的每一天都忙碌不已。不是彈鋼琴給音樂教室的老師和外國知名音樂家聽，就是接受電視和雜誌的採訪，無論去哪裡，無論任何時候，響的演奏都大獲成功。

響很快就成為名人，每天都過得很快樂。人人都稱他是「鋼琴神童」、「天才少年鋼琴家」，對他讚不絕口，他也漸漸開始覺得自己真的是天才，平時也不再練習鋼琴。因為即使不練習，只要坐在鋼琴前，手指就會自動在鍵盤上移動，隨時可以彈奏出最美妙的音樂。

不久之後，有人邀請他參加大型鋼琴比賽。這次比賽的練習時間很短，但必須完美彈出評審指定的曲目。

只要能夠在這次的鋼琴比賽中獲勝，一定可以更加聲名大噪。我吃了音樂果，應該沒有曲子可以難倒我。

響自信滿滿，不加思索的就答應參加比賽。

比賽的一個星期前，響收到了指定曲目的樂譜，但響連看都不看一眼。

比賽當天，主辦單位包下了巨大的音樂廳。得知天才少年會參加這場比賽，音樂廳內座無虛席，電視臺也派了攝影師轉播比賽。

終於輪到響上場了，當他抬頭挺胸，走上舞臺時，音樂廳內立刻響起如雷的掌聲。所有觀眾都在等待響，響忍不住露出了微笑。相信自己的精湛演奏一定會讓在場的所有人都神魂顛倒。

他坐在鋼琴前看著樂譜。那是舒曼作曲的〈幻想曲〉。即使是成年人，也很難彈出這首曲子。樂譜上寫滿了各種複雜的音符，響完全看不懂。

但是，看不懂也沒關係。手指會自動彈出樂曲。一定會像平時一樣，演奏出完美的樂曲。

響用力吸一口氣，等待腦海中充滿音樂，手指自動在鍵盤上移動。然而，無論等了多久，手指遲遲沒有動靜，響的內心也沒有湧現音樂的感覺。

觀眾席上的觀眾看到響遲遲沒有動靜，紛紛議論起來。響全身開始冒出冷汗。

為什麼？為什麼手指一動也不動！為什麼手指不再像平時一樣輕盈的彈奏樂曲！

但是，無論他在內心怎麼咒罵，手指始終沒有動靜。事到如今，只能自己彈奏了。只不過樂譜實在太難了，他根本看不懂。

響的心情壞到極點，他感到頭昏腦脹，肚子也開始咕嚕咕嚕叫，於是他踢開椅子，衝下舞臺，直接跑進休息室。他鎖上門，獨自抱著頭坐著。

「為什麼會這樣？為什麼？」

會不會是音樂果的效用已經過期？如果真是這樣，也未免太不湊巧了。至少應該讓自己撐過今天。對了！那個袋子！那個袋子還在書包裡，也許還剩下一些碎屑。不知道能不能靠碎屑恢復功效？

他抱著一線希望在書包裡翻找，雖然找到了音樂果的袋子，但袋子空空的，完全沒有任何碎屑。

不能輕言放棄！事到如今，只要查一下生產那種零食的公司，請他們寄相同的零食就好。一定可以做到，一定沒問題的。

他用顫抖的手把袋子翻了過來，想看看上面有沒有食品公司的電話。

雖然沒有電話，但嚮看到袋子背面寫了以下的內容：

音樂果：適合想輕鬆成為音樂家的人享用的零食，只要吃了音樂果，任何人都可以成為音樂天才。音樂果有各種豐富的風味，有莫札特、羅西尼、巴赫、舒伯特、柴可夫斯基等，可以選擇自己喜愛的作曲家。注意事項：每袋音樂果只有一位音樂家的口味，能夠完美演奏那位音樂家的樂曲，卻無法演奏其他作曲家的樂曲。這一包是莫札特風味。

響癱坐在地上，雙手發抖，腦袋嗡嗡作響。

「莫札特風味……莫札特……所以才沒辦法彈舒曼的樂曲……」

他感到一陣茫然，休息室外傳來嘈雜的說話聲，有人正咚咚咚的敲門。

「立花同學！趕快把門打開！」

「響！我是媽媽！你是不是在裡面？」

「老師，這是怎麼回事？是不是天才少年遇到這麼大的場面也會緊張？」

「這種時候竟然說這種話！來人啊，把這些記者趕走！」

「嚮！你不要怕，先出來再說。」

外面的吵鬧聲越來越大，嚮獨自顫抖著。這時，他想起賣音樂果給他的那個阿姨當時說的話。

「音樂果可以讓人充分享受音樂，但你要小心，不要得意忘形。」

他現在才終於了解這句話的意思。沒錯，他不可以靠音樂果的力量成名。

不可以靠完全不需要努力的方法，不可以靠並不是真正的實力，和腳踏實地努力的人一較高下。我真是太愚蠢了，竟然想用卑鄙的方法贏得比賽。

響非常後悔。

「對不起，對不起。」

然而，無論他再怎麼道歉，外面的嘈雜聲卻越來越大，聽到有人喊著：「去拿備用鑰匙！」響覺得自己走投無路了。

就在這時，外面突然安靜下來。巨大的吵鬧聲在轉眼之間消失

表演會
FANTASY PIECES
I

了，簡直就像所有的聲音都從這個世界消失了。

這是怎麼回事？為什麼突然安靜下來？

響害怕不已。這時，門把轉動了一下，門被打開了。

身穿紫紅色和服，一頭白髮的高大阿姨走了進來。她就是賣音樂果給響的阿姨。

響看到意想不到的人出現在面前，一時說不出話。他仔細一看，發現阿姨身後，休息室外的人都倒在地上。媽媽、音樂廳的工作人員，還有電視臺的人都閉上眼睛，倒在地上。

看到響一臉擔心，阿姨開始慢條斯理的說：

「不必擔心，他們只是睡著了。」

阿姨笑了笑後，便露出嚴肅的表情，向響微微鞠躬說：

「真的很抱歉，突然來找你。我發現因為我的疏失，上次賣給你的音樂果過期了，這完全是我的疏失，犯下了這麼大的錯誤，請你原諒我。這是一點小小的心意。」

阿姨說完，打開了手上的小包裹。響倒吸了一口氣，因為小包裹裡有好幾包音樂果。

「我帶了這些來向你道歉，有莫札特風味、貝多芬風味，還有巴赫、羅西尼和布拉姆斯，當然也有舒曼風味。」

「舒曼……」

「請你隨意挑選任何風味，當然，你不需要再付錢。」

響忍不住想要伸出手。他極度渴望舒曼風味的音樂果，只要有了這一包，就可以度過眼前的危機。只要有這一包……

但是，最終還是一樣，我絕不能靠這種方法。

響低著頭，阿姨目不轉睛的看著他，然後輕輕笑了笑說：

「弟弟，看來你想要其他商品。你想要什麼？說出來聽聽。我以錢天堂老闆娘紅子的名義向你保證，一定可以實現你的心願。」

「我想回去……」

「什麼？」

「我想回去，回到還沒有吃音樂果之前。如果我沒有吃音樂果，就……就不會發生這種事，所以，我想回到一開始的時候。」

但是，這種事絕對不可能。

淚水流了下來，響捂住了臉。阿姨看著他，用力點了點頭說：

「既然這樣，你要不要試試這個？」

阿姨伸出的手上有一個長方形的小東西，用淡藍色的紙包了起來。

「這是消消口香糖。只要吃這種口香糖，就可以消除之前的時間和曾經發生的事。請你收下，不必客氣，否則我會過意不去。」

響戰戰兢兢的接過口香糖，那看起來只是很普通的口香糖而已，但既然是這個神奇的阿姨給自己的東西，一定很有效。

響吸了一口氣，把口香糖放進嘴裡。他感受一股到薄荷般清新的味道。他咬了幾下，口香糖冒出了許多泡泡。

響吃著口香糖，專心的祈禱。

一定要回到吃音樂果之前，一定要回去、一定要回去。

響的腦袋漸漸變空了，消消口香糖似乎消除了很多事。

啊，到底是怎麼回事。響已經……不清楚現在是什麼時候了。

當他回過神，發現自己正站在小巷內。

「咦？我怎麼會在這裡？」

嚮覺得好像站在那裡做了一場夢。雖然是一個很長的夢，但他什麼都想不起來了。

「啊！慘了，鋼琴課快遲到了！」

如果遲到，佐佐木老師就會罵人。嚮快步走在街上，有一種異樣的感覺。

為什麼他今天不像平時那麼討厭上鋼琴課，是因為曾經遇到比挨罵更可怕的事嗎？但是，到底遇到了什麼可怕的事？

響微微偏著頭一邊想，一邊走向鋼琴教室。

立花響。十歲。平成十三年的十元硬幣。

5 報仇尪仔標

啊！大輝不經意的看向右側，忍不住倒吸了一口氣。

他看到一個女人正走在馬路對面。那個女人又高又胖，一頭白髮，豐腴的臉上完全沒有皺紋。她穿了一件古錢幣的紫紅色和服，手上拎了一個大包包，緩緩走在街上。

就是她！

大輝雙眼發亮。

大輝是一家小偵探社的員工。雖說是偵探社，但只要客戶委託，偵探社什麼案子都接。不管是摘除胡蜂的蜂巢，還是尋找失蹤的貓，或是撬開死去阿嬤的保險箱都照接不誤，幾乎和打雜的工作沒什麼兩樣。

一個月前，他開始找人。

委託這個案子的案主是一個年輕男子，名叫北島。雖然北島戴著口罩，但大輝一眼就看出他是個討厭的人。北島自尊心很強，對人頤指氣使，但客人是上帝，大輝耐心的聽完他委託的內容。

「我要找人。」北島盛氣凌人的說。

「那個女人開了一家有點老舊的柑仔店，名叫錢天堂。她是個大嬸，臉看起來很年輕，但頭髮全白，身材又高又大，比你還高，而且很胖。另外，她應該經常穿和服。我看到她的時候，她穿了一件古錢幣的紫紅色和服。」

「可不可以請你提供更詳細的資訊？」

「什麼意思？這些還不夠嗎？」

北島探出身體，瞪著眼睛說：

「這樣不是應該夠了嗎？總之，你見到那個女人，自然就會知道了，因為她很顯眼。廢話少說，你只要幫我找到這個女人就對了。

不管花多少時間都沒關係，你幫我查到她住在哪裡，或是找到她的把柄，我會付錢給你。」

北島的眼神和聲音中都充滿了恨意。

大輝忍不住在內心皺起眉頭。這種傢伙很難纏，一定是想要找到那個女人，然後做什麼壞事。但是大輝的工作就是完成客人委託的工作，所以他只能接受。

一個月來，大輝四處調查打聽。

那個女人比普通的男人更高，而且身材豐腴，頭髮全白了。如果北島說得沒錯，這個女人很不尋常，很多人應該都會過目不忘，而且也知道她開的那家店的店名。大輝原本以為只要稍微調查一下，很快就會找到。

沒想到所有的調查工作都白費力氣。

「從來沒有見過那個女人。」

「這一帶沒有名叫錢天堂的柑仔店。」

無論大輝向誰打聽，都只聽到這樣的回答。

日子一天一天過去，大輝著急起來。為什麼找不到那個女人？為什麼找不到任何線索？北島整天氣急敗壞的打電話或是用電子郵件問他：「怎麼還沒找到！」老實說，大輝簡直快被他逼瘋了。

正因為這樣，看到那個符合所有條件的女人時，他高興得差一點跳起來。

就是她。一定就是那個大嬸！

大輝立刻跟蹤她。那個女人一直走，沒有停下腳步。雖然她的腳步很緩慢，但看起來並不是在散步，而是要去某個地方。

她準備回家嗎？還是去那家名叫錢天堂的店？也有可能是要去哪裡辦什麼重要的事。

大輝小心謹慎的跟在她身後。

不一會兒，女人走進了超市。那是一家很普通的超市。

「原來她來買菜。」大輝也走進超市。

他仔細一看，發現女人是走向收銀臺的角落。她似乎不是來買菜，於是大輝假裝不經意走了過去。

女人站在一臺扭蛋機前。扭蛋機是一臺小型自動販賣機，裡面裝了很多扭蛋，只要投零錢後轉動扭盤，裝了玩具、卡片或是零食的扭蛋就會掉出來。

大輝偷偷觀察，發現女人拿下了扭蛋機的蓋子，然後從包包裡不知道拿出什麼東西放進扭蛋機裡。大輝發現原來她是在補充扭蛋。

當扭蛋機裝滿扭蛋後，女人把蓋子蓋了起來，然後轉頭直視著大輝。

女人臉上露出神祕的笑容，好像在說，她什麼都知道。

原來她早就發現我了！

大輝驚慌失措，即使想要假裝不知道，雙眼也無法從她身上移開。大輝愣在原地，女人朝他走了過來。她經過大輝身旁，小聲對他說：

「這是錢天堂引以為傲的扭蛋機，一定會對你有幫助，你是今天的幸運客人。」

她的聲音很甜美，卻又有一股力量。

大輝的身體終於能夠動彈了。回頭一看，那個女人已經不見蹤影。他慌忙衝出超市尋找她的身影，卻怎麼也找不到。

大輝跟丟了。

「可惡！」大輝忍不住罵道，沒想到自己竟然會犯下這種疏失。

大輝在生悶氣的同時，又走回了超市。因為他很在意那個女人剛才補充扭蛋的扭蛋機。

那臺扭蛋機孤零零的在超市的角落，扭蛋機上用大字寫著：「扭出有用玩具的扭蛋機，奉上對現在的你最有幫助的玩具，敬請期待錢天堂提供的最高級玩具。今天一次一百元。」

大輝突然很想玩這臺扭蛋機，他覺得自己像小孩子一樣，極度想要一個對自己有幫助的扭蛋，甚至忘了先前不小心跟丟那個女人的事。

他急急忙忙從錢包裡拿出一百元硬幣，但是，扭蛋機又把那一百元退了出來，好像拒絕接受那一百元似的。

大輝無可奈何，只好拿出另一枚一百元投了進去，這次扭蛋機沒有再退出來。

這時，扭蛋機發出甜美的聲音。

「恭喜你，的確收到了今天的幸運寶物昭和六十二年的一百元硬幣，請轉動扭盤。」

大輝充滿期待的轉了扭盤。

扭蛋機發出「喀答」一聲，吐出了扭蛋。那是一個圓圓的大塑膠球。

裡面有我想要的東西！

大輝打開扭蛋，裡面有十張厚紙板。大輝知道，那是尪仔標。

玩尪仔標的方法很簡單，只要用自己的尪仔標對準對手事先放在地上的尪仔標打過去，如果對方的尪仔標被打翻，就可以贏取對方的尪仔標。因為是你贏我輸，或是你輸我贏的遊戲，所以很好玩。

大輝小時候也經常和朋友玩這個遊戲，他在被對手贏走自己喜歡的尪仔標時曾經拚命練習，想要設法贏回來。大輝很驚訝，沒想到現在還有這種玩具。

而且，這些尪仔標有點奇怪。普通的尪仔標有各種不同的圖案或是英雄的圖案，但這十張尪仔標中，有九張是空白的，只有一張畫了圖案，而且是長相很可怕的惡魔。

大輝繼續檢查扭蛋後，發現扭蛋裡有一張摺起來的說明書。上面寫了以下的內容：

哎呀呀，你會抽到這個商品，代表你最近壓力很大。是不是討厭的人讓你做不開心的事？如果你想要教訓那個傢伙，就可以讓報仇尪仔標大顯身手。方法很簡單，首先在空白尪仔標寫上想要報復對象的名字，然後用惡魔尪仔標把它打翻，就可以報復了！

大輝反覆看了說明書好幾次。

只要用尪仔標，就可以報復討厭的傢伙？真的有辦法做到嗎？

不不不，當然不可能有這麼簡單的事。

雖然他心裡這麼想，但還是不想把尪仔標丟掉。報仇尪仔標具有神奇的魅力，深深打動了大輝的心。

大輝把尪仔標放進口袋，打算改天心情鬱悶時玩一下。

他走出超市時，手機突然響了。他接起電話，是北島打來的。

「我是北島，情況怎麼樣？調查結果呢？有沒有找到那個女人？」

「啊，不，是這樣的，我看到一個很像她的人，但目前仍然無法得知她的住家和店在哪裡。」

「這是怎麼回事？你找到她了，卻無法得知住家和店在哪裡？你該不會跟丟了吧？哼，我沒猜錯吧？」

接著，北島在電話中把大輝臭罵了一頓。

「可惡的傢伙，你在搞什麼啊！別忘了我是客人！我有付你錢！趕快找到那個女人的下落！你這個廢物！」

北島罵完之後，便掛上了電話。

大輝氣得火冒三丈。因為太生氣了，他覺得眼前似乎變成一片紅色。

那天，他回到自己的公寓之後，仍然無法平息內心的憤怒。之前也曾經有客人罵過他，但他卻無法忍受那個叫北島的傢伙，也許是因為感受到北島明顯的惡意。

那傢伙鐵定不是什麼好東西，他想要尋找那個大嬸的下落，也一定在打什麼壞主意。罵我可惡？我再也不想聽那個傢伙發號施令了。他狗眼看人低，以為自己很了不起！唉，真希望可以把他罵回去！

他在房間裡走來走去，突然想到了報仇尪仔標。

沒錯！就用那個！雖然他不認為真的有效，但玩了之後，心情應該會好一些！

大輝急忙拿出報仇尪仔標，在一張白色尪仔標上寫了「北島」的名字，然後放在地上，接著拿起畫了惡魔的尪仔標。

我要用這個打翻北島那傢伙。

大輝舉起惡魔尪仔標，用力打在地上。

雖然他已經有二十年沒玩尪仔標了，但身體仍然記得訣竅。

啪！

白色尪仔標一下子就被打翻了過來。在那個瞬間，大輝似乎聽到了一個很大的笑聲。

大輝有一種如夢初醒的感覺，看著翻過來的尪仔標，覺得心情暢快多了。他前一刻的怒氣已經煙消雲散。

「尪仔標或許適合用來消除壓力。」

北島

大輝自言自語的收拾了尪仔標，走去泡澡。泡完澡後，他拿出啤酒，一邊喝啤酒，一邊看電視。

電視上漂亮的女主播正在播報一則新聞。

「這是剛才收到的最新消息。相信很多人都記得，曾經轟動一時的美髮教主北島典行，後來被發現他盜用徒弟設計的髮型，向客人收取不合理的報酬，從原本的美髮教主淪為眾人口中的『美髮騙子』。稍早北島典行發生車禍……」

電視螢幕上出現了一張年輕男子的照片。大輝一看到那張照片，整個人都愣住了。

從那個人的眼神就知道是那個客人，那個姓北島的客人，絕對錯不了。

大輝全身冒著冷汗，報仇尪仔標該不會真的發揮了效果？因為我用了報仇尪仔標，所以他死了嗎？啊啊，如果真的是這樣，該怎麼辦？

正當他這麼想的時候，女主播繼續報導：

「根據目擊者說法，北島的車子突然在馬路上亂竄，接著衝上花壇後，車子便翻覆了。幸好沒有波及他人，北島也只受到輕傷而已，但他一直喊著莫名其妙的話，說什麼『都是那個傢伙害我的！

都是那家柑仔店的女人害的！我被那包零食陷害了！』」

接著是廣告播放時間，但大輝已經無心看電視。

「是報仇尪仔標，一定就是報仇尪仔標奏效了。它太可怕了，只要稍有閃失，就會發生可怕的事，必須馬上丟掉，不，應該燒掉。」

大輝急忙走去拿打火機。

同時，還有一個人在一臺老舊小電視機前，也看著同樣的新聞。她一頭白髮盤得高高的，豐腴的臉、鮮紅的嘴脣，高大的她穿了一件紫紅色和服。她正是錢天堂的老闆娘紅子。

紅子看到北島出現在電視上的照片，呵呵呵笑了起來。

「哎呀呀，我還以為是誰呢？原來是之前買教主夾心巧克力的客人。……原來是這麼一回事。難怪這一陣子經常覺得有人跟蹤我，原來是他搞的鬼。其實是他的行為造成了自己的不幸，如果認為是我害的，想要找我算帳，那就得要小心點，因為錢天堂所有的零食和玩具都和我站在同一陣線，我才不會輸給那種莫名其妙的怨恨和憎恨。」

紅子笑著關掉電視。

長谷川大輝。四十二歲。昭和六十二年的一百元硬幣。

6 款待茶

綠莉是單身女子，她一個人生活多年。平時她雖然覺得獨自生活很輕鬆，但有時候還是會感到寂寞。

好寂寞、好寂寞。一個人在家時，便寂寞得快死了，好希望有人可以陪伴。只要有人陪伴，我就能心滿意足了。

但是，她沒有可以陪伴她的人。這種時候，她都會去購物，大買特買，或是去高級餐廳用餐，或去聽音樂會來趕走內心的寂寞。

「還是單身比較好，如果有老公和孩子，就無法像這樣為自己買東西、吃大餐了。」綠莉總是這樣安慰自己。

某個星期天，綠莉比平時更感到寂寞。

「今天非去大買特買不可。」

綠莉前往自己喜愛的購物中心，走進第一家店時，她就看到一塊漂亮的桌布。乳白色的桌布上繡著漂亮的紫花地丁草，她一眼就愛上了那塊桌布，於是毫不猶豫買了下來。

接著，她又走進一家進口雜貨店，發現中意的茶壺和茶杯組。無論大小尺寸和高雅的形狀都令綠莉滿意，她當然又買了。

竟然可以買到這麼漂亮的東西，今天真是太幸運了。既然買到了中意的桌布和茶壺組，也許……

她滿心期待的前往最喜歡的「維爾德蛋糕店」。

站在蛋糕店前，綠莉用力的深呼吸。這家蛋糕店的店長是她的小學同學，名叫山本明。因為他長得很粗獷，所以綽號叫「老粗」。

綠莉很討厭老粗，因為小時候經常被他欺負，不知道哭了多少次。所以升上中學，老粗轉學時，她開心得不得了。

原本以為這輩子再也不會看到他了，沒想到相隔幾十年，竟然又遇到他。綠莉一眼就認出了他，但他偏偏是這家蛋糕超好吃的蛋

糕店店長。「人生真是無法盡如人意。」綠莉忍不住嘆息。

幸好他好像沒有認出綠莉，只是把她當成喜歡吃蛋糕的客人，所以她稍微鬆了一口氣。

她下定決心推開門，走進了店裡。

「午安。」

「歡迎光臨！」

老粗滿面笑容的迎接她。「這傢伙竟然笑得出來，根本不知道我就是以前被他欺負的同學。」綠莉在心裡罵道。如果不是這家店的蛋糕非常好吃，她絕對不會再踏進這家店。

綠莉心裡一邊這麼想著，一邊打量著櫥窗，沒想到每次都賣光的熱門蛋糕竟然還剩下一個，簡直就是奇蹟。

「太好了！」

綠莉大手筆的買了一整個蛋糕和兩種酥脆的餅乾。她太高興了，忍不住露出了笑容，老粗也對她笑了笑。一看到老粗的笑容，綠莉頓時覺得很生氣。

什麼意思！他一定覺得我很貪吃！這個人真討厭！

但是，當她走出蛋糕店後，不愉快的心情也就消失了。

哼，我要趕快忘記那個人。今天買了很多東西，先回家吃點心吧。綠莉難掩喜悅的走在回家路上。想像著自己先為桌子鋪上新的桌巾，然後把蛋糕和餅乾放在桌上，再用新買的茶壺泡茶……。

「慘了！」

綠莉猛然停下了腳步。因為她忘記家裡的紅茶茶葉用完了。怎麼辦？雖然還有綠茶和麥茶，要喝綠茶配點心嗎？不，不行，有這麼漂亮的茶壺和茶杯，當然非用紅茶不可，也不可以用廉價的茶包，一定要是裝在罐子裡、香氣十足的茶葉才行。

雖然有點麻煩，但還是去買茶葉吧！綠莉準備轉身時，看到旁邊的小巷深處有一家小店。

那家店看起來像是柑仔店。不過，今天已經買了蛋糕當點心，而且那種柑仔店應該沒有賣茶葉，所以不需要去那裡。雖然她這麼想，但還是情不自禁往錢天堂柑仔店走去。

來到店門前，她發現店裡有很多零食，每一種零食都很新奇，是綠莉以前從來沒看過的。

她忍不住激動起來，很想買些什麼，但是，到底該買什麼呢？

「請問你在找什麼嗎？」

聽到聲音，綠莉差一點就把心愛的蛋糕掉在地上。

回頭一看，一個身材高大的女人正站在她身後。那個女人身形高大豐腴，好像一座小山，再加上穿了一件古錢幣圖案的紫紅色和服，給人震撼的感覺。雖然一頭白髮，但髮量很豐富，富有光澤，令人羨慕不已，而且把插在頭上的許多玻璃珠髮簪襯托得格外好看。

雖然她一頭白髮，但福態的臉上沒有皺紋，看起來比綠莉更加年輕。她落落大方，很有威嚴的樣子令綠莉自嘆不如，綠莉覺得自己好像變成了又矮小又瘦弱的女人。

那個女人注視著惶恐不安的綠莉，笑著對她說：

「對不起，嚇到你了，我是老闆娘紅子，請問你要找什麼？錢天堂最大的特色就是商品豐富，一定可以實現客人的願望。」

小守
飛不起來跳繩
小守EX
Verde
維爾德

聽到老闆娘這番充滿自信的話，綠莉終於想起了自己要買什麼。

「呃，我……想要買紅茶……」

「原來是這樣。」

老闆娘看著綠莉點了點頭，她的眼神很不可思議，好像可以看穿綠莉的心思。然後，她開心的笑了起來。

「你真幸運，店裡剛好進了一款很適合你的茶。你看，就是這種茶。」

老闆娘從貨架上拿了一個長方形的罐子遞給綠莉。

金色的罐子上畫了很多人聚在一起喝茶的樣子，而且是許多不同國家的人，每個人都滿臉笑容，發自內心的享受著喝茶的時光和談天的樂趣。

「這是『款待茶』，無論味道和香氣都是最棒的，怎麼樣？如果你不喜歡，我可以換其他茶給你。」

綠莉心想：怎麼可能不喜歡？綠莉第一眼看到這罐茶，就已經決定要把它買回家。

「我、我要。請問多少錢？」

「一元。」

「啊？」

綠莉以為自己聽錯了，怎麼可能只要一元？雖然這裡是柑仔店，但也不可能這麼便宜啊。

沒想到老闆娘呵呵笑了笑說：

「今天的寶物是一元，只要一元，我就可以把這個商品賣給你。這是錢天堂的規定，請你不必想太多，只要想自己的事就可以。款待茶只要一元。……怎麼樣？你想要嗎？」

聽到老闆娘這麼說，綠莉慌忙拿出一元交給了老闆娘。

「好，的確是平成二十年的一元，這個就交給你了……祝你有美好的下午茶時光。」

綠莉終於買齊了所有的東西。

她以最快的速度回到家裡，放下東西後，拿出款待茶的茶葉罐，仔細打量起來。

茶葉罐很漂亮，畫在茶葉罐上的人看起來也都很快樂。啊，這些人在演奏樂器，那些人在乾杯。綠莉覺得似乎可以聽到音樂和歡樂的笑聲。

也許茶葉罐的底部也畫了什麼。她把罐子翻了過來，發現那裡寫了使用說明書。

有時候，會不會覺得心裡吹起了風？有時候，會不會覺得一切都像沙堡般倒塌？這種時候，這罐茶可以成為您最好的朋友。只要將款待茶倒在客人用的茶杯中，就可以呼喚療癒您內心孤獨的貼心朋友。祝您有美好的下午茶時光。

「所以說，要準備兩個茶杯，而且兩個茶杯裡都要倒茶嗎？這樣就會有朋友出現？這也太荒唐了。」

但是，綠莉覺得今天可以試試這個荒唐的事。

綠莉開始準備泡茶。她燒了水，在等待水燒開時，把新買的桌布鋪在桌子上，還把蛋糕和餅乾裝在漂亮的盤子上。

綠莉拿出兩個新買的茶杯時，水剛好燒開了。她打開茶葉罐的蓋子，茶葉罐內裝滿了茶葉，一打開蓋子，立刻聞到了難以形容的香氣。

她以前從來沒有聞過這麼清新、溫柔的味道，而且香氣很濃郁。綠莉光是嗅聞這股香氣就覺得滿足。光聞茶葉已經這麼令人滿足，泡了茶之後，一定會有更美好的事發生。

綠莉興奮的舀了四匙滿滿的茶葉放進茶壺中，把熱水倒了進去。過了兩分鐘後，再把茶壺裡的茶倒進了杯子。

略為偏紅的琥珀色茶水倒進杯子後，顏色非常漂亮。雖然清澈，顏色卻很深，因為光線的關係，有時候看起來像鮮紅色，有時候看起來像柔和的金色，而且香氣撲鼻。啊，她忍不住感到興奮，心情也漸漸變得愉快起來。

而且，她很想和別人聊天，很希望和一個可以分享很多開心事，笑容很開朗的朋友聊天。如果有這樣的朋友出現在眼前，就沒有任何遺憾了。

她在為另一個茶杯裡倒茶時這麼想著，突然響起「砰」的一聲，好像是從瓶子裡拔出軟木塞的聲音，一個胖胖的爺爺出現在她面前。

老爺爺穿著很時尚的深綠色毛衣，頭上戴了一頂茶色獵帽。他長長的鬍子全都白了，臉頰像蘋果一樣紅潤，雙眼閃閃發亮。

綠莉看到陌生的爺爺突然出現，非常驚訝，但她並沒有逃走，也沒有發出驚叫聲。因為眼前的爺爺看起來開朗而快活，讓人無法不喜歡他。

爺爺看著綠莉，露出愉快的笑容：

「真是太開心了，我正在想，希望有人邀我去喝茶呢！謝謝你邀請我，我欣然接受。」

爺爺恭敬的鞠了一躬，他的動作也很可愛，綠莉的嘴角自然的露出笑容。她只想到一句可以對眼前這個爺爺說的話：

「歡迎，請坐。」

爺爺和綠莉都坐了下來，享受著愉快的下午茶——紅茶好喝得沒話說，蛋糕和餅乾也都很好吃，最棒的當然是和那個爺爺的聊天過程。

爺爺開懷大吃，開懷大喝，似乎樂在其中。和大吃大喝的人在一起，心情就很愉快。

聊天之後，綠莉終於知道爺爺的真實身分——他竟然是耶誕老公公。

「原來是這樣，真對不起，因為你沒有穿紅色的衣服，所以我完全沒認出來。」

「哈哈哈！紅色衣服是特別的工作服，說起來，算是我的戰鬥服，只有平安夜才穿。平時就像現在一樣穿得很輕鬆，我今天這身打扮怎麼樣？」

「很好看。」

耶誕老公公聽到綠莉的稱讚，再度露出笑容，更熱衷聊天，和她分享很多趣事。除了他飼養的馴鹿的名字，他如何度過暑假，以及幫忙包禮物的小人和玩具工廠的事，還有他在平安夜有多麼忙碌。

「所以，那一晚真的很辛苦。因為必須在一個晚上去世界各地，如果沒有耶誕魔法，根本不可能做到。」

「耶誕魔法？」

「是啊，耶誕節給了我特別的『時間魔法』，我的時間和平時不一樣。不過，這件事是最高機密，所以我也不能再透露更多了。」耶誕老公公說完，向她神祕的擠眉弄眼。

快樂的時光總是過得特別快，桌上的甜點少了許多，茶壺裡的茶也倒光了。

「要不要加熱水？還是我再泡新的茶？」

綠莉問，耶誕老公公搖了搖頭說：

「不，這可不行，我只有這一壺茶的空間，所以差不多該離開了。今天真開心，綠莉小姐，非常感謝你的邀請。」

「不，我才要謝謝你，今天真的很高興。」

「那我們最後來乾一杯。」

耶誕老公公舉起茶杯，綠莉也舉起了茶杯。

「為快樂時光乾杯！」

「乾杯！」

兩個人喝完最後一杯茶。

當綠莉放下茶杯時，耶誕老公公已經消失了。他一定回到了北方森林中的祕密村莊。

奇怪的是，即使耶誕老公公離開了，綠莉也不感到寂寞，反而感到很滿足。和耶誕老公公共度的快樂時光徹底消除了她內心的寂寞，她此刻感到無比幸福。

她在收拾時回想起耶誕老公公告訴她的那些事，忍不住哼起歌來。

之後，綠莉每次感到寂寞或是遇到不開心的事，就會泡一壺款待茶，邀請一起喝茶的朋友。

每次上門的客人都不一樣，隨著綠莉的心情不同時，上門的客人似乎也會不一樣。

想要感受開朗的心情時，上門的是南國的舞者，為她跳熱情洋溢的舞蹈。

當她無法去聽音樂會時，小提琴家或是作曲家就會上門，為她演奏，或是為她譜曲。

當工作上受到挫折陷入沮喪時，會有一個很有活力的奶奶現身，對她說很多正面積極的話鼓勵她。

陰雨綿綿的日子，上門的竟然是臉色慘白的幽靈。綠莉和幽靈幾乎沒有任何交談，只是聽著雨聲，享受寧靜的時光。款待茶帶給綠莉豐富多彩的時光，對她來說，款待茶是全天下獨一無二，最棒的寶物。

但是，款待茶是泡來喝的茶，越喝當然就越少。

綠莉泡茶的時候很節省，但茶葉終於只剩下泡一次的分量。

雖然她很想再去那家柑仔店買，只是無法如願。因為那次之後，她曾經去找了好幾次，卻怎麼也找不到那家錢天堂柑仔店，那家店簡直就像是憑空消失了。

剩下的茶葉只能讓綠莉再泡一次而已。她決定把最後的茶葉留到真的很痛苦的時候再喝。

沒隔多久，綠莉就感到難以忍受的極度寂寞。她覺得家裡好像空空蕩蕩，實在太安靜了，很希望有人陪在身旁。即使不說話也沒關係，只要有一個人在身旁，就可以感到心情平靜。當然，如果能夠一起聊天，那就更棒了。她很希望馬上可以和自己志趣相投的人，善解人意、溫柔體貼的人一起喝茶。

綠莉終於忍不住拿出最後的款待茶，她燒好熱水，倒進茶壺。

拜託，希望那個人趕快出現。

她的願望很快就實現了，只不過上門的是她意想不到的客人。

「啊！啊啊！為什麼是你！」

綠莉忍不住大叫，但這不能怪她。因為今天出現的竟然是那家「維爾德」蛋糕店的店長老粗。綠莉目瞪口呆，說不出話。

老粗似乎也大吃一驚，不停的眨著眼睛。他看到綠莉後，小聲的說：「這應該是夢。」

綠莉無可奈何，只好請他坐下。

「呃，那個，你請坐。呃，我今天自己烤了蛋糕，可以請你試一下味道嗎？」

「嗯……可以啊。」

一開始，雙方都很尷尬，聊天也有一搭沒一搭的。綠莉忍不住在內心嘆息，為什麼最後一次偏偏是他上門來呢？

綠莉努力尋找聊天的話題，隨口問他：

「對了，店長，你為什麼會成為甜點師？」

「這……說起來有點難為情。」

老粗笑了笑，似乎想要掩飾內心的尷尬，但在喝了一口茶後，臉上的表情變了。他收起笑容，表情嚴肅的注視著綠莉。

「我還是告訴你吧！不瞞你說，我在小學時喜歡一個女生，只不過我很笨拙，因為太害羞，所以反而對她做了很多過分的事。有時候送她蛇蛻下的皮，或是把大青蛙放在她的鞋櫃裡。」

「是喔……」

「其實我只是想引起她的注意，但這種行為當然被她討厭。我很不甘心，還開始說她的壞話。回想起來，那時候她經常被我惹哭了。」

老粗露出苦笑，綠莉目不轉睛的看著他。她感到胸悶，心跳加速，連呼吸也很不順暢。

老粗並沒有察覺綠莉的變化，繼續說著。

「最後，在我轉學之前，那個女生都一直討厭我，但是，我不希望和她的緣分就這樣結束。我希望有朝一日，還可以見到她。下次見到她，一定要讓她感到高興。」

「所以……你開了蛋糕店？」

「對，因為那個女生很喜歡吃甜點，所以我想，只要我開一家蛋糕店，也許有機會她能來我的店光顧，來吃我做的蛋糕。這種想法是不是很傻？」

老粗害羞的抓了抓鼻頭。

「我竟然無法忘記小時候的感情，真的成為甜點師。雖然知道那個女生不可能來我的店，但還是無法放棄。我的店名也是來自那個女生的名字，維爾德在義大利文中是『綠』的意思。」

老粗說完，直視著綠莉的雙眼。綠莉終於恍然大悟，原來他早就認出自己了！

漫長的沉默後，綠莉終於開口問：

「你、你是什麼時候發現的？」

「你第一次來店裡的時候，我一眼就認出你，知道你是綠莉。我怎麼可能認不出你？但你假裝不認得我，所以我猜想你可能還在生我的氣……。所以我告訴自己，必須精進技藝，做出非常好吃的蛋糕，才能吸引你再次上門。回想起來，從那次你來我的店之後，店裡的生意也慢慢好起來了。」

兩人相視而笑。

「看來我們都很不坦誠。」

「沒想到在夢中竟然可以這麼坦誠，很可惜，如果這不是夢，而是真實生活中發生的事，不知道該有多好。這樣的話，我們就真的可以成為朋友……」

老粗露出有點寂寞的表情，伸手拿起自己的茶杯。

綠莉大吃一驚。因為老粗的杯子裡只剩下一口茶了。一旦喝下那口茶，老粗就會回到自己的生活，會以為目前發生的一切都是夢。

想到這裡，綠莉的胸口一陣刺痛。她第一次為和自己邀請的客人離別感到痛苦。

她不希望老粗就這樣離開。

下一刻，綠莉伸出手，從老粗手中搶過了茶杯，一口氣說：

「茶是不是冷了？我再泡新的茶，喝日本茶好嗎？」

「嗯，好啊。」

「而且，山本……」

「嗯？」

「這不是夢。」

「什麼？」

「這不是夢，你真的在我家，這一切都是真的。」

老粗大吃一驚，從椅子上站了起來。他瞪大了眼睛，臉漸漸紅了。綠莉看著他笑了笑說：

「我今天做了奶油燉菜，要不要一起吃？如果你願意做甜點，我會很高興。」

「啊？喔喔，好啊，我當然願意！啊，我要吃你做的奶油燉菜！那我先回店裡拿材料。你想吃什麼甜點？」

「我想一想，嗯……那就吃提拉米蘇。」

「提拉米蘇！好，提拉米蘇！嗯！我馬上拿材料過來！」

老粗手忙腳亂的離開了，但他一定會以驚人的速度回來。

綠莉也紅著臉開始準備晚餐，她沒有再看已經變空的款待茶葉罐一眼。

如果綠莉再度打開茶葉罐，向茶葉罐內一看，就會發現茶葉空罐的底部，用小字寫了以下的內容：

最後一匙茶葉具有很強的魔法，讓你遇到對的人。也許可以呼喚生

命中的真命天子或是真命天女，但是，能不能和真命天子或真命天女在一起，取決於你的行動……

有馬綠莉。四十三歲的女人。平成二十年的一元硬幣。

番外篇　錢天堂的新產品

傍晚時分，紅子翻開剛送來的晚報，忍不住嘆了一口氣。晚報上用巨大的標題寫著「怪盜羅蘋終於遭到逮捕！」報導還附了一張她認識的男人照片。

「我早就料到會是這樣的結局，虧我已經提醒他了。……為什麼很多客人運氣一好，就會得意忘形？只要稍不留神，幸運就會變成不幸，這些客人真是搞不清楚狀況。」

這時，一隻金色的招財貓從裡面跑了出來。小小的招財貓戴著眼鏡，小心翼翼的拿著捲起的紙。

招財貓來到紅子腳下後，喵喵叫了幾聲。

「喔？是新款零食的企劃書嗎？來，我來看看。」

紅子輕輕把招財貓放在自己的手掌上。招財貓在紅子的手掌上打開手上的紙，上面寫了新設計的各種零食，還附上了說明圖。

紅子拿起放大鏡，仔細看了企劃書。

「喔喔，有除皺酸梅，還有貘貘最中餅，看起來很不錯啊！還有這個圍裙蜂蜜蛋糕，我相信一定有很多客人想要。」

「喵喵！」

「但是，這個喚鬼米果就太普通了，能不能再發揮一點創意？不，這裡要稍微改一下。」

紅子認真的和招財貓討論起來。

醫生汽水糖組

讀書會

每一個人都有不同的願望。
如果能有一種東西可以解決煩惱的話，
你想解決的煩惱是什麼呢？
故事中，有人想要滿足虛榮心，成為大家關注的焦點；
有的人則想要利用自己能做的事情，協助其他人；
有的人貪得無厭，有的人卻知道什麼時候要喊停，
加入自己的努力，藉著努力讓自己成長，有勇氣迎向改變！
透過４５６讀書會的練習，
除了能認識不同的音樂知識之外，
也讓你更了解自己的想法喔！

音樂果對對碰

「錢天堂特賣會」又來了！本次特賣的產品是音樂果。每種音樂果都代表一位音樂大師的心血結晶，吃了它，就能輕鬆演奏該音樂大師的作品。

只要你能成功連線音樂大師果和他的作品，就能以優惠價格得到音樂果，連線越多，累積的音樂實力也越高喔！

1 巴洛克音樂時期

帕海貝爾風味果　〈D大調卡農〉

韋瓦第風味果　〈水上音樂〉

巴哈風味果　〈四季〉

韓德爾風味果　〈布藍登堡協奏曲〉

2 古典音樂時期

海頓風味果 〈給愛麗絲〉

貝多芬風味果 〈小星星變奏曲〉

莫札特風味果 〈驚愕交響曲〉

3 浪漫音樂時期

舒伯特風味果 〈天鵝湖〉

白遼士風味果 〈夢幻曲〉

蕭邦風味果 〈動物狂歡節〉

聖桑風味果 〈鐘練習曲〉

小約翰史特勞斯風味果 〈茶花女〉

舒曼風味果 〈幻想交響曲〉

柴可夫斯基風味果 〈鱒魚五重奏〉

華格納風味果 〈小狗圓舞曲〉

李斯特風味果 〈結婚進行曲〉

威爾第風味果 〈藍色多瑙河〉

音樂大補帖

想要提升音樂能量，光靠「音樂果」還不夠，一起來認識各個音樂大師吧！

音樂之父 巴哈

有「音樂之父」稱號，他的〈十二平均律鋼琴曲〉是西方音樂的重要教材，除了歌劇外，像是管風琴曲、奏鳴曲、協奏曲、弦樂組曲、清唱劇等音樂形式都有他的創作。

音樂之母 韓德爾

與巴哈並列為巴洛克音樂時期的重要代表人物，有「音樂之母」的稱號。創作的作品有歌劇、神劇、管風琴協奏曲等，他的〈水上音樂〉、〈彌賽亞〉、〈皇家煙火〉深受大眾喜愛。

樂聖

貝多芬

他是作曲家也是鋼琴演奏家，被稱為「樂聖」的他在聽力大幅減弱後，放棄了演奏與指揮，卻堅持創作，在雙耳全聾的情況下，仍譜出令人讚嘆的精采作品。他創作的作品相當多，其中以〈命運〉、〈田園〉、〈悲愴〉、〈合唱〉等交響樂最為有名。

音樂神童

莫札特

六歲完成第一首小步舞曲、九歲完成第一首交響曲、十一歲寫神劇，到了十二歲就創作出歌劇，從小就被視為神童，一生共創作出六百多首曲子，曲風多元、清新，雖然英年早逝，但為這世界留下許多動人樂章。

交響樂之父

海頓

和貝多芬、莫札特並列為古典音樂時期重要的代表人物，將交響樂固定成四個樂章。他的個性幽默又愛開玩笑，也把這樣的性格融入在創作中。像是他的〈驚愕交響曲〉便是想嚇嚇那些會聽音樂聽到睡著的人喔！

歌曲之王

舒伯特

和莫札特一樣是早逝的音樂才子，工作運不佳的他，因為有朋友的接濟，才能全心投入創作，為當時許多著名的詩人作品寫了大量歌曲，像是歌德的〈魔王〉。雖然在世時間不長，仍創作出六百多首動人曲目。

鋼琴詩人　蕭邦

從小展現優異的音樂天賦，七歲便能作曲，被譽為「莫札特第二」。他的創作大多是鋼琴曲，是音樂史上最具影響力的鋼琴作曲家，有「鋼琴詩人」的稱號，著名的作品像是〈離別曲〉、〈小狗圓舞曲〉等。

鋼琴之王　李斯特

與蕭邦出生相差一年，因為同樣都以鋼琴創作為主，經常被拿來比較。李斯特的風格與蕭邦大異其趣，李斯特是交響詩的創作者，作品華麗、璀璨，音色靈活，會在演出中即興創作，相當受到聽眾喜愛。

圓舞曲之王　小約翰史特勞斯

雖然出生音樂世家，不過他的父親卻希望小約翰能當個銀行家，不要踏上音樂之路。但熱愛音樂的他，不惜離家追求自己的音樂夢。他最大的成就就是把「華爾滋」這種原是農民的舞曲帶入宮廷，成為皇家的樂曲，因此有「圓舞曲之王」的稱號。

思辨小達人

活動設計／彭遠芬（臺南市建功國小教師）

1. 書中的哪個小故事令你印象最深刻？為什麼？可以從故事情節、角色或「錢天堂柑仔店」商品特色等向度來表達你的想法。
2. 你最喜歡書中哪個小故事？請用連環漫畫方式（至少六格以上），將關鍵精彩的畫面呈現出來。
3. 請參考附件一情緒語詞列表，找一個你印象最深刻的故事，將故事的發展切割成五的階段，簡要具體記錄每個階段，並說明主角的情緒變化。

事件說明					
情緒變化					

4. 你覺得「錢天堂柑仔店」的老闆娘紅子是個什麼樣的人？請參考附件一性格列表，挑選出符合老闆娘性格的語詞，並從故事中找證據來支持你的看法。
5. 你希望遇到神奇柑仔店「錢天堂柑仔店」的老闆娘紅子嗎？為什麼？如果你真的遇見

她，你會想跟她說什麼？

6 你身邊的有像是老闆娘紅子這樣的人嗎？她曾做過什麼事讓你有這樣的想法？請參考附件二「人物觀點列表」來說說你對她的看法。

7 「錢天堂柑仔店」中，每個小故事中的角色的性格，分別有什麼樣的性格特點？請參考附件一性格列表，分別挑選出符合六個小故事主角性格的語詞（每個角色至少兩個性格），並從故事中找證據來支持你的看法。

故事名稱	主要角色	性格1	理由（證據）	性格2	理由（證據）
1. 怪盜螺螺麵包					
2. 醫生汽水糖組					
3. 占卜仙貝					
4. 音樂果					
5. 報仇尪仔標					
6. 款待茶					

8 讀完這本書後，你最喜歡哪個角色的哪些行為呢？請寫下你對他們的肯定、支持、鼓勵或讚賞的話吧！

9 讀完這本書後，哪些角色的行為是你不認同的呢？請說一說你的理由，並給這個角色一些建議。

10 你覺得自己的性格（正向或負向），在什麼情況下，最像書裡六個小故事中哪一個角色？請用具體事件說明。

11 書中每個故事的主角，分別遇到了哪些問題？食用了那些「魔法零食」？產生了什麼結果？是否都有解決問題？關鍵原因是？請根據表格來分析說明。

主角	遇到的問題	使用零食名稱	使用注意事項	結果	是否解決問題？（是／否）	成功或失敗的關鍵原因

12 書中每個故事的主角，有的吃了零食，也解決了問題；有的最後依舊無法解決；請問能圓滿解決問題的主角，性格有哪些特色？他的行為對自己或周遭的人產生什麼樣的影響？最後依舊無法解決問題的角色，他們有什麼共同的性格特色？他的行為對自己或周遭的人又產生什麼樣的影響？你認為會造成這樣不同的結果的關鍵原因是什麼？請說說你的看法。

13 經過以上的分析後，你覺得作者想透過這個故事，傳達什麼主旨或想法？請說說想法。

14 你最想要「錢天堂柑仔店」的哪一樣「魔法零食」？理由是什麼？什麼情況下你會想要使用這樣零食？希望食用了之後會如何？

15 如果你是「錢天堂柑仔店」的老闆，你想開發什麼樣的魔法商品？商品名稱是什麼呢？使用方法跟用途是什麼呢？使用時該注意的事項是？試著用說明書的方式設計商品造型。（加上圖示說明更好喔！）

16 書中每個小故事情節發展的安排都有一定的順序，請根據以下提示，按照順序排列出來：A閱讀包裝說明　B使用「錢天堂柑仔店」商品　C遇到問題　D暫時解決問題　E發現忘了讀注意事項　F產品使用方法錯誤，出現麻煩　G產生意外的結果　H發現「錢天堂柑仔店」

（　）→（　）→（　）→（　）→（　）→（　）→（　）→（　）

附件一：情緒／性格列表

情緒					性格				
快樂	放鬆	安心	滿意	欣賞	勤奮	熱情	果決	自製	禮貌
興奮	舒服	期待	欣慰	著迷	專注	誠懇	勇敢	創意	穩重
驚喜	平靜	解脫	甜蜜	陶醉	體貼	冷靜	獨立	剛強	謙虛
痛快	滿足	充實	感動	仰慕	慈悲	聰慧	慷慨	寬容	自信
狂喜	幸福	自豪	感激	敬愛	大方	謹慎	溫和	正義	堅持
失望	不安	煩悶	無聊	矛盾	懶散	害羞	固執	虛偽	軟弱
疲憊	緊張	挫折	尷尬	羨慕	草率	愚蠢	自卑	浮躁	冷漠
委屈	擔心	嫉妒	驚訝	後悔	畏縮	依賴	暴躁	狡猾	冷酷
難過	害怕	生氣	討厭	丟臉	任性	小氣	保守	嚴厲	自大
孤單	驚慌	憤怒	愧疚	懷疑	貪婪	卑鄙	殘暴	貪心	挑剔
悲傷	恐懼	抓狂	震驚	無奈	武斷	傲慢	多疑	自私	陰險

附件二：人物觀點列表

正向	我期待，因為……	我喜歡，因為……	我同意，因為……
中立	我認為，因為……	我預測，因為……	我推斷，因為……
	我的結論是，因為……		
反向	我質疑，因為……	我不同意，因為……	

參考答案

一、巴洛克音樂時期

帕海貝爾風味果—〈D大調卡農〉；韋瓦第風味果—〈四季〉；巴哈風味果—〈布藍登堡協奏曲〉；韓德爾風味果—〈水上音樂〉。

二、古典音樂時期

海頓風味果—〈驚愕交響曲〉；貝多芬風味果—〈給愛麗絲〉；莫札特風味果—〈小星星變奏曲〉。

三、浪漫音樂時期

舒伯特風味果—〈鱒魚五重奏〉；白遼士風味果—〈幻想交響曲〉；蕭邦風味果—〈小狗圓舞曲〉；聖桑風味果—〈動物狂歡節〉；小約翰史特勞斯風味果—〈藍色多瑙河〉；舒曼風味果—〈夢幻曲〉；柴可夫斯基風味果—〈天鵝湖〉；華格納風味果—〈結婚進行曲〉；李斯特風味果—〈鐘練習曲〉；威爾第風味果—〈茶花女〉。

推薦文

人生柑仔店，你選哪一種？

◎彭遠芬（臺南市建功國小教師）

想要成為亞森羅蘋的小偷秀元，能不能在吃了「怪盜螺螺麵包」之後，從此一帆風順，在江湖大道上叱吒風雲？響渴望透過「音樂果」，不費吹灰之力的變成首屈一指的音樂家，人生是否真的那麼容易美夢成真？習慣孤獨的綠莉，又是否會在獲得「款待茶」之後，找回生活的溫度，甚至遇見她的真命天子？

「錢天堂柑仔店」獨家販售的魔法零食一字排開，透過六個不同的故事，訴說虛榮心、夢想、人際關係、天賦、心魔和伴侶等追尋路上，必經的心境轉折和現實拉扯，再透過魔法零食多重功能的登場，讓孩子讀來不禁嘖嘖稱奇、大人讀來倍感新鮮有趣。

事實上，這六個故事所欲傳達的，都是孩子的成長過程中，多少曾經感到困惑徬徨的課題；而不同的魔法零食，正恰恰補足了這一路上的追求。人總是想盡辦法，希望別人能看見自己的價值，但若是過了頭，便成為虛榮心的無謂追求，且容易偏離正道，就像故事中的秀元和響。人是群居動物，人我互動的平衡，是一生都無可避免的功課，早苗想透過「占卜仙貝」施展的超準確占卜神力，博得好人緣、綠莉渴望能擁有朋友的陪伴，因而獲得每天都會帶來不同客人的超神奇「款待茶」，最後甚至覓得一生的伴侶；而人活在這個世界上，終究要面對的，還是自己，無論是一心想要成為醫生，為媽媽治病的千里，或是心懷怨恨始終無法放下的大輝，都各自在逐夢和復仇的路上，愈發看清楚什麼才是自己真正想要的，有時候，考驗只是夢想熱度的試煉基石、報仇雪恨後隨之而來的不安和懊悔，才是考驗的真正起始。

柑仔店老闆娘紅子的存在，就像掌握宇宙生息的大地之母，她讓踏實努力的孩子，有機會實現夢想；給被快感沖昏了頭而得寸進尺的少年仍有退路；也讓不聽忠告、橫衝直撞的大人自食惡果，一篇篇故事讀來精彩刺激，使人在魔法零食生效後，忍不住不斷猜測結局，卻又總是猜想不到災難一發不可收拾後的轉圜妙點，作者火花四濺的創意，在王蘊潔靈動的譯筆之下，開出無數令人驚奇的煙花，相信不論是大小朋友，都能在活靈活現的字裡行間，極致體會閱讀故事的酣暢淋漓。

除了生動的故事高潮和創造力十足的情節鋪排，事實上，作者也將善良、誠信、踏實努力、互助相愛等人性的溫度，恰到好處地含容在全書當中，那些待人處事的正念，必定會永遠地留存在孩子們的心中；師長不僅能夠透過此書，帶領孩子探索自己心中的渴望、發現生命的空缺，更同時會在和作者的無聲交流中，領受生命本身的無限溫柔。

人的一生，就是不斷地在無數的選擇中無限循環，不同的選擇，造就截然不同的人生，而每個人都可以透過閱讀，思索關於「選擇」的更好可能。讀畢此書，讓人不禁自問，在琳瑯滿目的人生柑仔店裡，我的選擇，會是什麼？

神奇柑仔店2
我不想吃音樂果！

作　者｜廣嶋玲子
插　圖｜jyajya
譯　者｜王蘊潔

責任編輯｜楊琇珊
特約編輯｜凱特
封面設計｜蕭雅慧
電腦排版｜中原造像股份有限公司
行銷企劃｜葉怡伶

天下雜誌群創辦人｜殷允芃
董事長兼執行長｜何琦瑜
媒體暨產品事業群
總經理｜游玉雪
副總經理｜林彥傑
總編輯｜林欣靜
行銷總監｜林育菁
副總監｜李幼婷
版權主任｜何晨瑋、黃微真

出版者｜親子天下股份有限公司
地址｜台北市104建國北路一段96號4樓
電話｜（02）2509-2800　傳真｜（02）2509-2462
網址｜ www.parenting.com.tw
讀者服務專線｜（02）2662-0332　週一～週五：09:00~17:30
讀者服務傳真｜（02）2662-6048
客服信箱｜ parenting@cw.com.tw
法律顧問｜台英國際商務法律事務所・羅明通律師
製版印刷｜中原造像股份有限公司
總經銷｜大和圖書有限公司　電話：（02）8990-2588

出版日期｜2019年 3 月第一版第一次印行
2024年 7 月第一版第四十次印行
定　價｜280元
書　號｜BKKCJ058P
ISBN｜978-957-503-356-9（平裝）

訂購服務
親子天下Shopping｜shopping.parenting.com.tw
海外・大量訂購｜parenting@cw.com.tw
書香花園｜台北市建國北路二段6巷11號　電話（02）2506-1635
劃撥帳號｜50331356　親子天下股份有限公司

立即購買 >

有聲故事書

國家圖書館出版品預行編目資料

神奇柑仔店2：我不想吃音樂果！／廣嶋玲子
文；jyajya 圖；王蘊潔 譯. -- 第一版. -- 臺北
市：親子天下, 2019.03
224面；17X21公分. --（樂讀456系列；58）
譯自：
ISBN 978-957-503-356-9（平裝）

861.59　　108000245